별의 문

이 책은 노르웨이 문학 번역원의 지원을 받아 출간하였습니다.
This translation has been published with the financial support of NORLA.

STARGATE. EN JULEFORTELLING
by Ingvild H. Rishøi

Copyright ⓒ Ingvild H. Rishøi 2021
Korean Translation ⓒ 2025 DASAN BOOKS Co.,Ltd.
All rights reserved.
The Korean language edition is published by arrangement with
Paloma Agency AB, Sweden through MOMO Agency, Seoul.

이 책의 한국어판 저작권은 모모 에이전시를 통한 Paloma Agency사와의 독점계약으로
㈜다산북스에 있습니다. 신저작권법에 의해 한국 내에서 보호를 받는 저작물이므로
무단전재 및 복제를 금합니다.

별의 문
Stargate

잉빌 H. 리스회이 장편소설
손화수 옮김

차례

별의 문 … 6

옮긴이의 말 … 177

나는 가끔 퇴위엔*을 생각한다. 그러면 퇴위엔이 너무나 선명히 그려진다.

쇼핑백을 든 사람들이 슈퍼마켓에서 나와 눈길 위로 유아차를 밀며 걷는다. 아이들은 발걸음을 옮길 때마다 덜렁이는 가방을 메고 학교로 뛰어간다. 쉬는 시간이 되면 학교 수위 아저씨는 교문 옆에 서서 담배를 피운다. 눈이 녹으면 아파트 앞에 있는 크리스마스트리는 시들어 갈색을 드러내고, 잔디밭은 푸릇푸릇해지며 민

---

* Tøyen. 노르웨이 오슬로의 중심부에 위치한 지역이다.

들레로 뒤덮인다. 이런 일은 계속된다. 똑바로 걷던 사람들은 비틀거리다가 다시 똑바로 걷고, 새로운 생명은 태어나고 늙은 사람은 세상을 떠난다. 쉬는 시간이 되면 수위 아저씨는 교문 옆 기둥에 몸을 기대고, 담배 연기는 하늘로 올라간다.

그는 나를 생각한다. 돌이켜 보니 그는 그때 이미 모든 것을 다 알고 있었던 게 틀림없다. 지붕 위를 바라보며 그는 모든 것을 기억해 낸다.

"여기 있었니?" 수위 아저씨가 물었다.

그는 늘 그랬던 것처럼 교문 옆 기둥 옆에 서서 주머니 속의 담뱃갑을 꺼냈다. 나도 여느 때와 마찬가지로 그 자리에 서서 같은 대답을 했다.

"네."

"여기 있으면 안 된다는 걸 너도 잘 알지?"

나는 아버지에게서 배운 말로 대답을 대신했다.

"규칙은 어기기 위해서 존재하는 거예요."

눈송이가 떨어졌다. 등 뒤에서 누군가가 "하나 둘 셋, 술래는 너!"라고 외치고 있었다. 아저씨는 허리를 살짝 구부리며 담배에 불을 붙였다. 우리는 계속 이야기했다.

"그것도 규칙에 어긋난다는 걸 아저씨도 잘 알죠?"

"규칙은 어기기 위해 있는 거야." 수위 아저씨가 말을 이었다. "그건 그렇고, 오늘도 네 도시락을 모두 나눠 줬니?"

나는 고개를 끄덕였다. 다람쥐는 이미 거기 있었다. 퇴위엔에서 유일하며 그것도 가장 훌륭한 다람쥐. 다람쥐는 쉬는 시간이 언제인지 알고 있었으며 그 시간이 되면 어김없이 찾아왔다. 수위 아저씨는 입에 담배를 하나 물고 주머니에서 도시락을 꺼냈다. 은박지를 벗기고 김이 모락모락 나는 뵈레크*를 꺼내 반으로 나누더니 그중 하나를 내밀었다. 음식이 식지 않게 부인이 꽁꽁 잘 싸두었던 게 틀림없었다.

"삶의 순환은 자연의 섭리야. 그러니 네가 다람쥐에게 음식을 주고 나는 너에게 음식을 주는 건 당연한 일이란다."

"삶의 순환이 뭔가요?"

---

* Börek. 튀르키예를 비롯한 중동 및 발칸 반도 등지에서 즐겨 먹는 일종의 페이스트리다.

"철학이지. 지금은 내가 학교 수위로 일하고 있지만, 옛날에 내가 살던 곳에선 꽤 유명한 철학가였단다."

그는 담배 연기가 내게 닿지 않도록 몸을 돌린 뒤 연기를 내뿜었다.

"이민자의 좋은 점이 바로 이거야. 내가 고향 땅에서 어떤 사람이었는지 다른 사람들에게 말해줄 수 있으니까."

"거짓말을 한 적도 있나요?"

"단 한 번도 없어." 그가 잠시 머뭇거리더니 말을 이었다. "아니, 사실 나는 전국에서 제일가는 거짓말쟁이였어. 심지어 대회에서 1등을 한 적도 있단다. 전국 거짓말 대회였지."

"세상에!"

"그건 그렇고, 저기 있는 광고 봤니?"

그는 담배를 낀 손가락으로 광고 전단을 가리켰다.

크리스마스트리 판매원 모집. 성실하고 책임감이 강하며 외부 활동을 즐겨하는 사람이라면 누구나 지원할 수 있음.

가로등 기둥에 붙어 있는 전단이었고, 아랫부분은 연락처를 뜯어갈 수 있게 잘게 나누어져 있었다.

"관심이 가니?" 수위 아저씨가 말했다.

"열 살짜리 어린애가 일을 할 수는 없을 것 같은데요?"

"나는 너를 떠올린 게 아니야."

그가 가로등으로 다가가 연락처 쪽지를 하나 떼어낸 뒤 내게 건넸다.

"너희 아버지에게 보여주렴."

하얀 눈송이가 쪽지 가장자리에서 녹아내렸다.

"만약 네 아버지가 이 일에 지원한다면 알프레드랑 잘 아는 사이라고 말하는 게 좋을 거야." 수위 아저씨가 말을 이었다. "크리스마스트리를 배달하는 사람이 바로 알프레드거든."

"그렇게 해도 되나요?"

"물론이지. 난 알프레드를 알고, 너는 나를 알고, 너희 아버지는 너를 알잖아. 이것도 삶의 순환이라 할 수 있지."

나는 고개를 끄덕였다.

"이왕 말이 나왔으니 말이야, 네가 아예 저걸 가져가

는 편이 좋을 것 같아."

그가 다시 가로등으로 걸어가 전단을 떼어내 돌돌 말았다.

"사실, 여기에 광고 전단을 붙이는 건 불법이야."

"하지만 만약 이 일에 지원하고 싶은 사람이 또 있다면 어떡하죠?"

수위 아저씨는 돌돌 말린 전단을 내 재킷 주머니 안으로 쑥 넣었다. 작아서 머리에 꼭 끼는 그의 털모자 위에 눈송이가 내려앉았다.

"바로 그렇기 때문이지. 지금 너는 위대한 철학가를 보고 있는 거야."

❅

집으로 돌아왔을 때, 아버지는 부엌 식탁 앞에 앉아 있었다. 아버지가 나를 보고 고개를 들더니 미소를 지으며 한 손으로 눈을 가렸다.

"지금 햇살이 들어왔나? 내가 선글라스를 어디에 두었더라?"

나도 따라서 미소를 지었다. 아버지는 갑자기 얼굴에서 웃음을 거두었다. "여기 와서 앉아봐."

아버지가 이마를 긁적였다. 하지만 나는 아버지가 또 이 이야기를 시작하는 게 너무 싫다. "아이들은 이런 환경에서 살 수 없어. 아스팔트와 이 모든 엉터리 같은 세상에서 말야." 이런 말도 했다. "하지만 너희들은 결코 멍청하지 않아. 아무도 너희들에게 그런 말을 할 수 없어. 어쨌든 너희들은 잘 지내왔잖아. 그해 여름의 텐트를 기억하니? 겨울의 별장 여행도 기억하지?" 나는 예, 아니요 또는 아니요, 예를 반복해가며 대답했다. 더 이상 참을 수 없었던 나는 돌돌 말아둔 광고 전단을 펴서 식탁 위에 내려놓았다.

"크리스마스트리 판매원이라……." 아버지가 말했다.

광고 전단은 저절로 도르르 말렸다. 나는 그것을 쫙 편 뒤 다시 말리지 않도록 손으로 꼭 잡았다. 아버지가 고개를 들며 말했다.

"로냐, 크리스마스트리 판매직은 시골뜨기들이나 하는 일이야."

"하지만 아무것도 하지 않는 것보다는 훨씬 낫잖아요."

아버지는 재차 전단을 보았다. 그러더니 갑자기 자리에서 벌떡 일어나 조리대 앞으로 가더니 주전자를 들더니 수돗물을 틀었다. "넌 결코 멍청한 아이가 아냐. 단 한 번도 바보 같은 짓을 하지 않았지."

아버지가 주전자에 물을 채웠다. 나는 아버지가 커피를 마시면 기분이 좋다. 아버지가 운동복을 가져와 입거나, 창문 밖을 내다보며 이리저리 거닐어도 기분이 좋다. 나는 아버지가 거쳐간 모든 직업을 기억한다. 나는 그중에서 빵집에서 일하는 아버지를 제일 좋아했다. 일이 끝나면 아버지는 커다란 계피 빵을 집으로 가져왔고, 나는 그다음 날 도시락에 계피 빵을 넣어 학교에 갔다. 아이들은 어깨 너머로 내 도시락을 훔쳐보며 "우와!" 하고 소리쳤다. 무세는 "넌 정말 행운아야"라고 했고 스텔라는 "넌 학교에 단 음식을 가져오면 안 된다는 걸 모르니?"라고 했다. 무세는 "진정해, 스텔라. 우리 반 애들의 도시락 음식에는 대부분 설탕이 들어 있을걸" 하며 내 편을 들어주었다. 아버지가 슈퍼마켓에서 일할 때나 트램을 청소하는 일을 할 때도 나쁘지 않았다. 그때 아이들은 내게 이렇게 말하곤 했다. "네 아버지가 슈퍼마켓에서 일하시지? 부탁인데 초콜릿 우유를 할인해 줄 수는 없을까?", "네 아버지는 트램 청소를 하잖아. 그래서 말인데 내 동생이 그라피티 한 건 지우지 말아달라고 좀 전해줄래?" 좋지 않았던 것은 단 하나. 아버지가 시인이었을 때다. 아버지는 '생각은 함정에 빠진 미꾸라지'라는 내용의 시를 썼고, 그 시를 편의점 앞에서 팔았다.

주전자에서 쉬익 소리가 들렸다. 나는 이 소리를 좋아한다. 내가 행복해지기 위해서는 그다지 많은 것이 필요 없다. 멜리사 언니는 자주 이렇게 말했다. "아버지와 너는 허튼 생각을 너무 많이 해. 만약 꿈꾸는 일로 돈을 벌 수 있다면 우린 이미 홀멘콜렌*으로 이사하고도 남았을 거야."

물이 보글보글 끓었다. 아버지가 주전자를 들어 올렸다. 내 머릿속은 이미 온갖 꿈으로 가득 차 있었다. 나는 크리스마스트리 판매장이 어디 있는지 알고 있었기에,

---

* Holmenkollen. 노르웨이 오슬로 서쪽 외곽에 위치한 곳으로 국제 스키장이 있으며 부유한 사람들이 많이 사는 장소로 알려져 있다.

학교가 끝나자마자 그곳으로 달려갈 수 있겠다고 생각했다. 아버지는 울 스웨터를 입고 나무 사이를 돌아다닐 것이고, 나는 길 건너 주유소에 서서 손님들에게 미소를 지으며 뚱뚱한 지갑 속에 돈을 넣는 아버지를 바라볼 것이다. 아버지가 월급을 받으면 멜리사 언니가 원하는 것을 크리스마스 선물로 사 줄 수도 있을 것이다. 그게 무엇인지는 잘 모르지만 말이다. 아버지는 선물을 사서 집으로 돌아오고, 내게 욕실로 오라고 손짓할 것이다. 그리고 이렇게 귓속말하겠지. "이거 어때? 이거라면 열여섯 살짜리 애도 좋아하겠지." 나는 아버지가 학교에도 크리스마스트리를 배달할 거라고 생각했다. 어떤 일이 벌어질지 너무나 선명히 그려졌다. 메론은 창가에 몸을 기대며 "크리스마스트리가 오고 있어! 크리스마스트리가 오고 있다고! 저길 봐, 로냐네 아버지야!"라고 소리칠 것이다. 그러면 선생님은 "자리에 앉아요, 모두 자리에 앉아 조용히 하세요"라고 말한다. 하지만 아이들은 들은 척도 않고 한 명도 빠짐없이 창가로 뛰어간다. 아버지를 맞이하려고 운동장으로 나가는 교장 선생님을 모두가 본다. 그녀는 털실로 짜인 코트 자락을 두 팔로 여미면서 체육관을 가리킨다. 마찬가지로 털실로 짜인 그녀의 벨트는 바람에 휘날릴 것이고, 아버지는 환한 미소를 짓는다. 아버지가 교문 안으로 크리스마스트리를 들여오면 각 교실에선 "우와" 하는 함성이 터져 나온다. 이것이 내가 꿈꾸는 장면이다.

아버지가 창가에 서서 밖을 내다보았다. 여전히 눈이 내리고 있었다. 아버지는 두 손으로 감싼 커피잔을 가슴께에 올렸다. 우리 집 부엌은 텅 비어 있었다.
"어쩌면 올해는 우리도 크리스마스트리를 장만할 수 있을지도 몰라요."
"지금 뭐라고 했니?" 아버지가 내게 되물었다.
"만약 아버지가 크리스마스트리 가게에서 일하면 우리도 크리스마스트리를 꾸밀 수 있겠죠?"
"물론이지." 고개를 돌린 아버지가 나를 바라보며 말을 이었다. "우리 산적의 딸! 그런데 말야, 직원들은 할

---

* 아스트리드 린드그렌의 책 『산적의 딸 로냐』의 주인공 이름도 '로냐'이다.

인가로 트리를 살 수 있을까?"

"물론 그럴 거예요."

"어쩌면 공짜로 얻을 수 있을지도 몰라."

나는 고개를 끄덕였다. 정말 그럴 거라 생각했기 때문이다.

"우리 산적의 딸." 아버지는 자주 나를 그렇게 불렀다. "너는 내 산적의 딸이자 보물이란다. 내겐 비상금 같은 존재지."

아버지는 나와 언니를 별과 달, 마카로냐와 카라멜리사*라고도 불렀다. 산적의 딸 로냐, 달빛 소녀 멜리사라고 할 때도 있었다. 아버지는 집에 들어오며 이렇게 말하곤 했다. "우리 산적의 딸과 달빛 소녀는 지금 어디 있지?"

그러면 우리는 "여기요. 그냥 앉아서 시리얼 먹고 있었어요"라고 대답했다.

---

* '마카로니'와 '캐러멜'에서 따온 애칭이다.

❄

"그런데 언니는 아버지가 그 일자리를 얻을 수 있을 거라고 생각해?"

나는 멜리사 언니의 팔을 베고 누웠다. 도로를 달리는 자동차 불빛이 천장에 어른거렸다.

"아니!" 언니가 잘라 말했다. "절대 그럴 리 없어."

그러면서 언니는 손가락으로 벽지의 찢어진 부분을 후벼팠다.

"하지만 만약에 아버지가 그 일을 하게 된다면, 언니한테도 우리 집을 크리스마스트리로 장식하고 싶은 마음이 생길 거야, 그렇지?"

언니가 벽지를 만지작거리던 손을 멈췄다.

"언니도 크리스마스트리가 있으면 좋겠다고 생각하지?"

"로냐! 크리스마스트리는 한 그루에 600크로네나 해."

창밖에서 자동차 경적 소리가 들렸다. 뒤이어 누군가가 바로 소리쳤다. "이 사람아, 앞을 잘 보고 다녀야지!"

"길이 많이 미끄러워. 눈이 녹았다가 다시 얼었거든."

언니가 말했다.

"그런데 언니…… 크리스마스트리 가게에서 일을 하면 직원 할인가로 크리스마스트리를 살 수 있을까?"

"하지만 아버지는 그 일을 안 하잖아. 너는 바로 그 사실을 잊고 있어. 그런 쓸데없는 생각 말고 차라리 다른 생각을 해봐."

하지만 나는 다른 건 생각하고 싶지 않았다. 나는 두 눈을 질끈 감고 머릿속을 오직 크리스마스트리로만 가득 채웠다.

"하지만 만약…… 아버지가 알프레드 씨랑 잘 아는 사이라고 말한다면 도움이 되지 않을까?"

"그럴 수도 있겠지. 이제 잠이나 자렴."

"아버지가 만약 '알프레드가 안부를 전해달라고 하더라'라는 말을 그쪽에 한 다음 일자리를 얻고, 직원 할인가로 크리스마스트리를 구입할 수 있다면…… 아니, 난 단지 그냥 궁금할 뿐이야. 언니는 바로 크리스마스트리를 장식하고 싶어, 아니면 크리스마스이브까지 기다렸다가 하고 싶어?"

언니가 나를 빤히 쳐다보았다.

"나는 그런 헛된 꿈은 꾸기 싫어."

"조금도? 아주아주 작은 꿈도 싫어?"

"젠장."

비록 말은 그렇게 했지만, 천장을 올려다보는 언니 몸에서 힘이 빠지는 게 느껴졌다. 나는 언니가 마음을 돌렸다는 사실을 알 수 있었다. 이불 속에서 언니가 내 손을 잡으며 말했다.

"알았어. 만약 우리가 크리스마스트리를 가질 수 있다면……."

"응."

"난 그걸 거실에 두고 싶어."

"거실이 아니라 오두막이라고 하면 어떨까?"

언니가 나를 바라보았다.

"알았어. 그런데 너도 내가 무슨 말을 할지 잘 알고 있지? 네가 왜 이러는지 도무지 이해할 수가 없어. 차라리 로냐 네가 직접 말하는 건 어때?"

"사랑하는 카라멜리사 언니…… 언니가 말해봐."

언니가 눈을 질끈 감았다.

"알았어, 알았다고! 일단 이 집을 오두막이라고 하자.

깊고 깊은 숲속에 있는 이 오두막에는 벽난로랑 온갖 것들이 다 있어. 그리고 크리스마스 이브 날이 밝았어. 아침이지만 여전히 밖은 어둑해."

"응, 그래서?"

"우린 거실로 나가서 크리스마스트리 전구에 불을 켜. 불이 환하게 켜지니까…… 정말 아름다워."

"응, 성냥팔이 소녀 이야기처럼."

"그건 생각하지 마." 언니가 말했다. "그건 세상에서 가장 슬픈 이야기니까."

"하지만 언니도 그 이야기에 나오는 크리스마스트리 기억나지? 성냥팔이 소녀가 불이 환하게 켜진 집 안을 들여다보았을 때 거기 있던 크리스마스트리 말야."

"성냥팔이 소녀가 보았던 건 환영이었어. 이제 그 이야긴 그만 떠올려. 너도 알다시피 성냥팔이 소녀는 결국 죽잖아."

"아냐, 죽지 않아. 소녀는 할머니에게 가."

언니는 한숨을 내쉬며 고개를 절레절레 저었다. 잠시 후 내게 얼굴을 바짝 들이대더니 귓속말을 하기 시작했다. 크리스마스 장식과 벽난로, 굴뚝에서 하늘로 스멀

멀 피어올랐다가 깊고 깊은 숲속으로 사라지는 연기를 이야기하는 언니의 목소리는 나직하고 부드러웠다.

너는 길을 찾아야 해. 찾고 나면 알 수 있을 거야. 왜냐하면 그건 숲으로 향하는 문과도 같으니까. 네가 걷기 시작하면 하얀 눈을 이고 있던 나무들이 머리 위로 몸을 굽힐 거야. 걷는 건 전혀 어렵지 않아. 왜냐하면 숲속 오솔길에 쌓인 눈은 단단하게 뭉쳐져 있으니까. 어느새 눈앞에는 탁 트인 풍경이 펼쳐져 있어. 거기엔 잔잔하고 하얀 호수가 있고, 그 뒤에는 여우 굴이 있는 언덕도 보일 거야. 언덕 꼭대기에는 울타리가 있단다. 너는 그 울타리를 따라가기만 하면 돼. 그러면 너는 네가 무엇을 보고 있는지 알게 될 거야.

"딸들!" 아버지가 소리쳤다. "내가 일자리를 얻었어."

바로 다음 날, 학교에서 돌아온 직후였다. 언니와 나는 식탁에 앉아 있었다. 내 입안은 시리얼과 우유로 가득했다. 부엌문 앞에 선 아버지는 환한 미소를 지으며 가죽 재킷을 바닥에 벗어 던졌다. 그는 우리에게 다가오더니 손에 들고 있던 종이로 식탁을 툭툭 두드렸다.

"내가 그 일을 하게 되었어."

언니가 숟가락을 그릇 위에 내려놓았다.

"축하드려요. 그런데 일은 언제 시작하시나요?"

"내일 당장."

"알람을 맞춰놓아야 하겠군요." 언니가 말했다.

"이보다 더 완벽한 일자리는 없어. 난 열 시까지 출근하면 돼."

※

"기적은 언제든지 일어날 수 있단다. 막다른 상황에 부딪혀 도저히 빠져나갈 방법이 없다고 느낄 때, 기적은 바로 그때 일어나지."

수위 아저씨는 자주 그렇게 말했다.

❄

다음 날 우리가 집에 돌아왔을 때 아버지는 보이지 않았다. 언니와 나는 다시 식탁 앞에 앉았고, 다시 시리얼을 먹었다. 밖이 어둑한데 아버지는 집에 없었다.

"언니는 아버지가 지금 일을 하고 있다고 믿어?"

"난 아무것도 믿지 않아. 믿음은 모스크*에나 있는 거야."

"그렇다면 짐작이라도 해봐. 언니는 지금 아버지가 어디에 있다고 생각해?"

그 순간 현관문이 열렸다. 나는 문이 열리는 갑작스러운 소리에 뛸 듯이 놀랐다. 뒤이어 아버지의 목소리가 들렸다.

"안녕, 안녕. 오, 역시 따뜻하고 아늑한 우리 집이 최고야!"

언니는 시리얼을 먹다 말고 숟가락을 내려놓았다. 아버지는 신발을 벗어 던지고 성큼성큼 집 안으로 들어왔

---

* Mosque. 이슬람교에서 예배하는 건물을 이르는 말이다.

다. 장갑을 라디에이터 위에 올려놓는 아버지의 울 스웨터에 전나무 잎이 빽빽이 박혀 있었다. 아버지는 단지 일을 하느라 집을 비웠을 뿐이고, 방금 막 퇴근을 한 것이다. 부엌 찬장 문을 연 그는 스파게티 한 줌을 꺼낸 뒤 냄비 속에 집어넣었다. 그러고는 다시 현관으로 가더니 서랍장을 뒤져 장갑 몇 켤레를 더 찾아냈다.

"날씨가 이러니 이파리가 얼마나 축축한지 몰라. 이 일을 안 해본 사람은 짐작도 할 수 없을 거야." 아버지가 말했다.

잠시 후, 아버지는 식탁 앞에 앉아 이야기를 시작했다. 마치 일을 하다 방금 퇴근한 사람처럼. 늘 그래왔던 것처럼. 나는 언니가 무슨 생각을 하는지 짐작할 수 있었다. 이런 날은 계속되지 않으리라고. 하지만 쓸데없는 걱정이었다.

❄

이런 날은 계속되었다. 우리는 매일 스파게티를 먹었고, 아버지는 매일매일 그날 무슨 일을 했는지 이야기했다. 그는 상사가 독재자 같다고, 전나무는 거대하고 묵직한 돼지 같다고 투덜댔지만 얼굴에는 미소가 떠나지 않았다. 스파게티에 케첩을 뿌리면서 아버지는 어깨, 엉덩이, 목, 손가락이 쑤신다고 말했다. 언니는 포크로 스파게티를 돌돌 말며 접시만 내려다봤지만, 나는 아버지를 뚫어지게 바라봤다. 왜냐하면 기적은 충분히 일어날 수 있으며, 정말 일어났으니까. 아버지는 11월의 크리스마스트리 시장 상황과 벌목과 적재, 그리고 요양원은 나무를 잇따라 두세 그루씩 주문한다는 이야기를 했다. 요양원의 크리스마스는 특별히 더 긴 데다 노인들이 플라스틱 나무를 싫어하기 때문이라고 했다.

"노인들은 전나무의 신선한 향을 맡을 자격이 있어."
아버지는 프라이팬을 설거지하며 쉬지 않고 말했다. 내가 숙제를 할 때도 마찬가지였다. 심지어는 내가 양치를 하고 있을 때 아버지는 변기 뚜껑 위에 앉아 에네바크와 모스에 있는 전나무 농장 이야기를 했다. 월급을 받고 운이 좋아 크리스마스까지 돈이 남아 있다면 우리가 어떤 종류의 나무를 살 것인지에 대해 말했고, 피오르 가문비나무가 제일 좋을 것 같다고 덧붙이기도 했다. 몸을 일으킨 아버지는 엉켜 있는 내 머리칼을 풀어주며 가문비나무와 전나무의 차이, 북미산 전나무, 그리고 지금은 더 이상 기억할 수도 없는 다른 많은 전나무에 대해서도 쉴 새 없이 말했다.

❄

월요일이 되었고 화요일, 수요일이 뒤따랐다. 아버지는 정규직이 되기만 한다면 우리가 오두막 별장도 구입할 수 있을 것이라고 했다. 목요일이 지났고 금요일이 찾아왔다. 아버지는 오솔길과 울타리 이야기를 했고 오두막 문 앞에 앉아 북두칠성 별자리를 바라보는 우리의 모습을 이야기했다. 토요일이 되자 누군가가 문을 두드리는 소리가 들렸다.

침대 가장자리에 앉아 내 머리칼을 빗겨주던 아버지가 몸을 일으켰다. 평소에 우리 집 문을 두드리는 사람은 거의 없었다. 있다면 아론센 씨뿐이었다. 그는 때때로 우리 집 현관문을 두드리며 경찰에 신고하겠다고 말했지만, 정작 경찰에 전화한 적은 단 한 번도 없었다. 어릴 때 나는 그가 정말 경찰에 신고할 거라고 믿었다. 그는 잠옷 가운을 입은 채 우리 집 문 앞에 서 있었는데, 나는 아버지의 바짓가랑이를 잡은 채 그에게 "전화하지 마세요, 전화하면 안 돼요"라고 소리치곤 했다. 아론센 씨가 나를 내려다보며 "쉿, 나는 아무에게도 전화하지 않을 거야. 단지 네 아버지를 이해시키려고 하는 것뿐이란다"라고 말할 때까지.

아버지가 현관으로 갔다. 문이 열리는 소리가 났다. 나는 손에 쥐고 있던 이불자락을 입에 넣고 잘근잘근 씹었다.

"안녕하세요." 아버지의 목소리였다.

"어떻게 지내세요? 만난 지 한참 된 것 같아서 들러봤어요." 여자 목소리.

목소리 주인은 소냐였다.

"궁금해서요. 혹시 무슨 일이 있었던 건 아니죠?"

그렇다. 현관문을 두드린 사람은 바로 소냐였다. 나는 '프렌드'에서 소냐를 본 적이 있다. 소냐는 탁자 위로 몸을 쑥 내밀어 아버지에게 기대고 있었다. 나는 '프렌드'가 너무너무 싫다. 멜리사 언니는 자주 말했다. "거긴 친구가 아니라 적이라고 해야 돼. 영업정지를 당하면 속이 시원할 텐데."

나는 '스타게이트'에서도 소냐를 본 적이 있다. 스타게이트 역시 너무너무 싫다. 입구에 달린 별 장식도, 안쪽의 어둠도. 나는 아버지를 찾기 위해 어두컴컴한 실내를 가로질러 구석진 자리로 가야만 했다. 소냐는 그곳에 미소를 지으며 앉아 있었다. 그녀는 우리 집 소파에 앉아 내게 말을 건네기도 했다. 나는 그녀의 입냄새가 너무 싫다. 그런 소냐가 지금 우리 집에 와서 아버지에게 무슨 일이 생긴 건 아니냐며 묻고 있다.

"많이들 궁금해했어요. 알다시피 우린 서로 잘 챙겨주며 살아야 하잖아요. 우리를 챙겨줄 사람은 아무도 없으니까요."

"아무 일도 없었어요. 난 새 직장을 구했답니다." 아버지가 말했다.

"참 잘됐군요. 그건 그렇고, 곧 한번 들르실 거죠?" 소냐가 물었다.

잘근잘근 이불자락을 씹는 입에 더욱 힘이 들어갔다.

"글쎄요, 아침에 일찍 일어나야 하거든요." 아버지가 대답했다.

갑자기 두 사람의 말소리가 작아졌다. 한참 후에 소냐의 목소리가 다시 들렸다.

"열 시? 그 정도라면 아침에 일찍 일어나지 않아도 되잖아요?"

"아, 따지고 보면 그러네요."

"그럼 오늘 저녁은 어때요?" 아버지의 대꾸에 소냐가 이렇게 제안했다.

이불자락 씹기를 멈추었다. 귀에서 윙윙거리는 소리가 났다. 아버지가 현관에서 헛기침을 했다. 이웃집 사람이 변기를 내리는 소리가 들려왔다.

"아니, 오늘 저녁엔 좀 쉬고 싶어요."

현기증이 나서 어질어질했다. 소냐는 복도에서 무슨 말인가를 했지만 나는 하나도 알아들을 수 없었다. 내 심장 소리가 더 크게 들려왔기 때문이다. 나는 쿵쿵 뛰는 심장을 진정시키려 침대 위에 바짝 엎드려 누웠다.

아버지는 계속 침대 가장자리에 앉아 있었다. 매일 저녁 거기에 앉아 있었다. 아버지는 내 엉킨 머리칼을 풀어주며 깊은 숲속 풍경과 비좁은 오솔길을 이야기해 줬다. 거기가 어디인지 지명도 말했다. 핀스코겐, 둡셰엔, 페문스마르카.

"밤이 깊었어. 이제 내 사랑하는 보물도 잠을 자야 할 시간이 되었구나."

❆

그날은 멜리사 언니와 내가 함께 집에 돌아왔다. 신발을 벗고 부엌으로 가서 냉장고 문을 열었다.

"세상에! 여길 좀 봐!" 내가 소리쳤다.

냉장고 안은 음식으로 가득 차 빈 공간이 없을 정도였다.

"도대체 뭘 보라는 거야?" 언니가 시큰둥하게 대꾸했다.

나는 흘낏 돌아보며 다시 말했다. "이걸 좀 봐. 크리스마스 음식이야!"

"정말이네! 음식이 있다면 먹어줘야지."

언니는 빵을 꺼내 여러 조각으로 썰었다. 접시를 가져오고 치즈와 햄, 간 파테 스프레드*를 내놓았다. 우유갑에는 엘프와 썰매가 그려져 있었다. 언니는 주스와 우유, 그리고 크리스마스 소다**를 각기 다른 컵에 따랐고, 빵에는 버터를 듬뿍 발랐다. 우리는 서로에게 눈길도 주지 않고 빵을 네 조각씩이나 먹었다.

우리가 크리스마스 소다를 마시고 있을 때 아버지가 집에 왔다. 손에 봉지 여러 개가 들려 있었다. 봉지를 바닥에 내려놓은 아버지는 우리에게 미소를 지어 보였다.

"이 음식들은 무슨 돈으로 샀어요?" 언니가 물었다.

"뭘? 너희들은 아버지가 집에 왔는데 인사도 안 하니?" 아버지가 말했다.

"아, 잘 다녀오셨어요? 그런데 이것들은 다 무슨 돈으로 사셨냐고요."

---

* 간을 익힌 뒤 향신료 등을 넣고 갈아 만든 페이스트로 주로 빵에 발라 먹는다.
** Julebrus. 노르웨이에서 크리스마스 시즌에 주로 먹는 오렌지 맛의 무알코올 탄산 음료를 뜻한다.

"사실은 선급금을 달라고 부탁했어." 아버지가 몸을 굽혀 봉지 속에서 오보이* 상자를 꺼내며 말했다. "이게 네가 좋아하는 거라고 했었나?"

나는 고개를 끄덕였다.

"그래서 받았나요? 선급금 말이에요." 언니가 다시 물었다.

"에릭센 씨는 꽤 괜찮은 사람이야. 내 말을 선선히 들어주더군." 아버지가 냉장고 문을 열며 말했다.

"선급금이 뭐예요?" 내가 물었다.

"선급금이 왜 필요해요?" 언니가 아버지에게 물었다.

"지금 나를 심문하는 거니?" 아버지가 말했다.

"궁금해서 그래요. 도대체 그 돈을 받아 어디에 쓰려고 하셨는지요."

"전기세도 내고……." 아버지가 종이 타월 포장을 뜯으며 말을 이었다. "오랜만에 그럴듯한 음식도 먹으려면…… 게다가 곧 크리스마스잖아. 참, 이 종이 타월도

---

* O'boy. 노르웨이에서 판매되는 우유에 타 먹는 코코아 가루의 상표명이다.

사야 했지."

"선급금이 뭐예요?"

나는 재차 물었지만 아무도 대답하지 않았다. 아버지는 욕실로 들어가 수돗물을 틀었다.

그날 오후 언니는 침대 위에 앉아 손톱을 뜯고 있었다. 그러더니 잠시 후, 몸을 일으켜 창밖을 내다보았다. 아버지는 부엌과 욕실과 거실을 왔다 갔다 했다. 잠시도 한자리에 머물지를 못했다. 저녁이 되었지만 아무도 스파게티를 만들지 않았다. 밤이 되자, 아버지가 우리 방에 머리를 불쑥 들이밀었다.

"있잖아…… 잠시 밖에 좀 다녀올게."

"알았어요. 그럼 저도 함께 갈게요."

벌떡 일어난 언니가 천장의 조명 빛을 받으며 방 한가운데에 섰다.

아버지가 물었다. "왜?"

"가게에 좀 다녀오려고요. 아버지가 선급금을 받았다고 했잖아요."

"선급금이 뭐야?"

아무도 내게 대답을 해주지 않았다. 아버지와 언니는 그저 서로를 노려보며 가만히 서 있을 뿐이었다.

"그건 돈이야." 아버지가 마침내 말했다.

"맡은 일을 다 하기 전에 미리 받는 돈이지. 월급은 책임진 일을 다 하고서 받는 돈이란다. 가끔 먹고 싶은 거 먹고, 하고 싶은 거 하며 사는 것도 나쁘지 않잖아. 게다가 곧 크리스마스도 다가오는데 조금 즐기며 시간을 보내는 게 좋다고 생각해."

"흠…… 그래서 지금 스타게이트에 가시려고요?" 언니가 말했다.

"아니야! 난 단지 너희들에게 줄 크리스마스 선물을 사려고 나가려던 참이었어. 그래도 괜찮을까? 허락해 줄래, 멜리사?"

언니는 아무 말도 하지 않았다. 아버지는 그런 언니를 매섭게 노려보았다. 언니가 시선을 돌릴 때까지. 그녀가 발을 움직여 다시 침대 위에 앉을 때까지.

나는 다시 이불을 덮고 누웠다. 문득 내가 해야 했을 모든 일들이 머릿속을 스쳤다. 나는 "올해는 선물이 없어도 돼요"라고 대답해야 했다. 에릭센 씨에게 가서 "아버지에게 선급금을 주지 마세요"라고 말했어야 했고, 아론센 씨에게 가서 "우리 아버지 지갑을 맡아주실 수 있나요?"라고 부탁했어야 했다. 하지만 나는 이 중 어느 하나도 하지 않았다. 대신 나는 현관까지 아버지를 따라 나가서 바보 멍청이처럼 이렇게 말했다.

"선물을 사러 가실 거예요? 제가 뭘 갖고 싶은지 말해도 돼요?"

하지만 나는 내가 원했던 선물이 무엇인지 아무것도 기억할 수 없었다. 그래서 나는 머릿속에 떠오르는 대로 아무 말이나 마구 내뱉었다. 나는 아주 오래전부터 줄넘기를 가지고 싶었다고 말했다. 아기 인형과 마술 사인펜도 갖고 싶었다고 말했다. 아버지는 "그래, 좋아!"라고 대답한 후, 외투 걸이에 걸려 있던 가죽 재킷을 집어 들었다.

"집 잘 보고 있어, 얘들아. 아버지는 잠시 나갔다 올게. 시간이 좀 걸릴지도 몰라. 지인들에게 빌린 돈도 갚아야 하거든."

❄

"언니, 침대에 같이 누워도 돼?"

멜리사 언니는 말없이 고개만 끄덕였다.

나는 언니 팔을 베고 누웠다. 창밖에서 개 짖는 소리가 들렸다.

"이러나저러나 삶은 계속되기 마련이지." 멜리사가 말했다.

"좀 더 작은 선물을 말할걸 그랬어. 내가 원하는 물건을 모두 구하기가 쉽지 않을 것 같아."

언니가 나를 바라보았다. 그녀의 눈은 너무나 밝고 아름다웠지만 동시에 슬픔이 섞인 듯 흐릿했다.

"더군다나 이 밤에 말야." 내가 말했다.

"아버지는 선물을 사러 가지 않았어. 아마 지금쯤 스타게이트나 프렌드에 있을 거야."

나는 몸을 웅크렸다. 내 몸이 마치 작고 딱딱한 돌멩이 같았다.

"거긴 '프렌드'가 아니라 '적'이라는 간판을 달아야 해."

옆으로 돌아누운 언니가 내 얼굴에 흘러내린 머리카

락을 넘겨주었다.

"거긴 영업정지를 당해야 돼."

"전에는 나도 그렇게 생각했단다." 언니가 대답했다.

"그런데?"

"하지만 이제는 그렇게 생각하지 않아. 그렇게 되어도 소용없다는 걸 깨달았거든. 아버지가 스타게이트에 출입 금지를 당했던 때 기억나? 그때 아버지는 프렌드로 갔어. 만약 프렌드에서도 쫓겨나면 아버진 슈퍼마켓으로 갈 거야."

언니는 검지로 내 눈썹을 가지런히 쓰다듬었다. 왼쪽, 오른쪽, 차례차례로. 창밖에서는 개가 쉬지 않고 짖었다.

"바람둥이 아저씨가 키우는 똥개야. 저 녀석은 자기가 얼마나 작은지 모르는 것 같아."

언니의 품을 파고든 나는 언니의 목에 코를 갖다댔다. 개는 계속해서 짖어댔다.

"그건 희망을 가질 가치도 없는 일이야." 언니가 말했다.

하지만 나는 희망을 버릴 수 없었다. 적어도 내 뇌는 그랬다. 나는 누군가가 스타게이트를 부숴버리고 이 세상의 모든 맥주 탭을 막아주기를 바랐지만, 그런 일은 절대 일어나지 않을 것이다. 맥주는 항상 어딘가에 있는 탭에서 흘러내릴 테니까. 머릿속이 캄캄해졌다. 할 말을 찾을 수 없었다. 생각이 꼬리에 꼬리를 물었다. 밤이 되었다. 밤은 매일 예외 없이 찾아온다. 그날은 12월의 첫날 밤이었다. 나는 언니의 팔을 베고 꼼짝도 하지 않은 채 가만히 누워 있었다.

❄

이런 날들이 올 때도 있다. 이런 날은 전에도 온 적이 있었다. 나는 이런 날이 다시 온다는 것도 알고 있었다. 물론, 이런 날에 끝이 있다는 것도 알고 있다. 심지어 나는 이런 날이 정확히 언제 끝나는지도 알고 있다. 아버지가 부엌 식탁에 앉아 "미안하구나, 얘들아. 이제부터는 상황이 달라질 거야"라고 말하면, 언니는 찬장 서랍에서 숟가락을 꺼낸다. 아버지가 말을 잇는다. "얘들아, 나를 용서해 줄 수 있겠니?" 나는 고개를 끄덕인다. 아버지가 "멜리사, 너도?"라고 물으면, 냉장고 앞으로 간 언니는 "제겐 선택의 여지가 없는 건 같은데요?"라고 말한다. 그러면 이런 날은 비로소 끝이 난다.

우리는 이게 끝이라는 것을 안다. 아버지가 떨리는 손으로 머그잔을 들어 올리면 커피 위에 잔물결이 일어난다. 고개를 든 아버지는 "베이컨이랑 달걀프라이 해줄까?"라고 묻는다. 잠시 후, 아버지는 장을 보러 밖으로 나갔다가 집으로 금방 돌아온다. 그러면 낮은 환해지고 밤은 조용하고 캄캄해진다. 식탁 위에는 빵이 놓여 있다. 차곡차곡 쌓인 청구서들과 치즈, 달걀, 베이컨도 있다. 그리고 아버지는 언니에게 말한다. "달빛 소녀 멜리사, 이리로 좀 와볼래? 이번이 마지막이야. 나를 대신해서 이 사람들에게 전화를 좀 해주겠니?"

언니는 식탁에 앉아 이 사람 저 사람에게 전화를 걸어 이런저런 말을 한다. 때로는 '독촉장만 받았을 뿐 청구서는 오지도 않았다' 말하고, 때로는 '아버지가 폐렴에 걸려 누워 있다' 말한다. 한번은 '우리는 엄마 없이 알코올중독자 아버지랑 사는 아이들이랍니다. 보름만 더 여유를 주시면 안 될까요?'라고 말한 적도 있다. 그러면 봄이 오기도 하고 여름이 오기도 하고 가을이 오기도 한다. 아버지는 부엌 싱크대에서 우리 도시락을 설거지한다. 저녁이 되면 방문 앞에 서서 '잘 자렴' 하고 인사를 한 뒤 한동안 우리를 물끄러미 바라본다. 그러고는 주머니를 툭툭 치며 말한다. "선글라스가 어디 있더라? 내 딸들은 눈이 부실 정도로 예뻐서 도저히 똑바로 쳐다볼 수가 없구나." 결국 언니도 기분이 좋아진다. 밤이 되면 언니도 외출한다. 창밖에서 언니의 웃음소리가 들려온다. 나는 그 소리를 좋아할 수가 없다. 하지만 아버지는 내게 "멜리사도 이제 다 컸어. 로냐, 우리는 카드놀이를 할까?"라고 말한다.

여름이 온다. 저녁이 되면 우리는 창문을 두드리는 빗소리를 들으며 식탁에 앉아 카드놀이를 한다. 날이 밝으면 우리는 짐을 싸서 가까운 섬으로 간다. 아버지와 나는 물속에서 서로를 바라보며 미소를 짓고 넓디넓은 바다에서 헤엄을 친다. 아버지는 하늘을 바라보며 말한다. "아이들은 바로 이런 곳에서 살아야 해." 우리가 물가에 앉아 있으면 아버지는 게를 집어 들고서 집게발을 움직이며 "안녕, 안녕"이라고 말한다. 게를 무서워하는 나를 안심시키기 위해서.

가을이 되어 어둑어둑한 저녁이 찾아들면 아버지는 우리가 살 오두막에 대해서 이야기한다. 아버지는 나를 안고 방으로 데려다주면서 우리는 지금 눈을 헤치며 집으로 돌아가는 중이라 말한다. 우리는 커다란 숲속에 있지만 오두막 안에 있으면 안전하다고도 말한다. 아버지는 나를 침대에 눕히며 눈이 담벼락을 가릴 정도로 높게 쌓여 있다고 말한다. 아버지는 담요로 내 다리를 꽁꽁 싸매고 말한다. "자, 이제 발을 들어 올려보렴."

 그런 날들은 이렇게 끝이 난다.

 하지만 끝이 나기 전까지는 계속된다. 아버지는 이 일자리 저 일자리에서 쫓겨나고, 냉장고는 텅 비어버린다. 사람들이 집에 찾아와 소파에 앉아 "안녕, 이게 누구야, 로냐 아냐? 왜 이렇게 뾰루퉁하니? 좀 웃어봐"라고 말을 걸지만 나는 아무 말도 하지 않는다. 왜냐하면 그 말에는 대답이 필요 없기 때문이다.

 "언니는 아버지가 언제쯤 올 거라고 믿어?"

 "믿음은 모스크에 다니는 사람들을 위한 거야." 언니가 말했다.

 "어쨌든 언니 생각을 말해봐."

나는 언니 목에 코를 바짝 댔다. 내 숨결이 닿은 언니의 살갗이 촉촉해졌다.

"이제 잘 시간이 된 것 같구나. 눈을 감아봐. 그러면 네 오두막 이야기를 해줄게."

그곳에는 숲이 있을 거야. 나무 위에 눈이 쌓여 있지. 때로는 숲속에 호수나 습지가 있을 때도 있지만, 구부러진 나무 아래로 난 오솔길, 끝이 보이지 않을 만큼 커다란 숲속에 자리한 오두막만은 변함없이 그 자리에 있단다. 오두막에 들어갈 때는 대문 앞에서 눈을 털어내고 문을 잠가야 해. 맞아, 걸쇠로 잠그면 돼. 왜냐하면 밤에는 아무도 밖에 나가지 않을 테니까. 오두막 밖에는 여우가 돌아다니고 산토끼가 뛰어다니지. 저 멀리서 늑대 울음소리가 들려. 하지만 오두막 안은 벽난로에 불을 때서 따뜻하단다. 우리가 잠들 때부터 일어나는 그 순간까지 따끈할 거야. 아침에 일어나면 남아 있는 불씨를 후후 불기만 하면 돼.

❋

"일어나." 언니의 목소리가 들려왔다.

나는 눈을 떴다. 밖이 환했다.

"나 지금 나가야 돼." 언니가 말했다.

"왜? 오늘은 일요일이잖아?"

언니는 창가에 서서 블라우스 단추를 끼웠다. 그 하얀 블라우스는 내가 한 번도 본 적이 없는 옷이었다.

"맞아. 그래도 난 나가야 돼."

나는 몸을 일으켰다. 바닥은 얼음장처럼 차가웠다. 나는 창가로 다가가서 언니의 시선을 좇았다. 햇살 아래 보이는 모든 것이 서리를 머금고 있었다. 바람둥이 아저씨는 강아지가 들어 있는 가방을 어깨에 메고서 종종걸음을 치고 있었다. 모두 분주해 보였다. 나는 다른 사람들이 이미 바쁘게 하루를 시작했을 때 일어나는 것이 싫다. 무세가 보였다. 청재킷을 입고 어디론가 달려가는 중이었다. 무세 아버지도 뒤따라 달리고 있었다. 두 사람은 아마도 모스크에 가고 있을 것이다. 그들은 내가 볼 때마다 모스크로 가고 있었는데 매번 시간에

쫓기듯 급히 서두르는 모양새였다. 나는 언니를 돌아보았다. 언니가 입은 블라우스는 눈이 부실 정도로 새하얬다. 나는 여러 사람들이 제각기 너무나 많은 일을 하며 바쁜 게 싫다. 무세와 그 애 아버지를 보는 것도 달갑지 않다. 신을 믿는 사람들이 부럽기 때문이다. 그들은 어디로 가야 할지 항상 알고 있다. 그 사람들은 총총거리며 길을 건너 거대한 신의 손안으로 들어간다. 하지만 우리는 그 어떤 신도 믿지 않는다. 아버지는 자주 말했다. "예수는 단지 위대한 마법사였을 뿐이야." 그래서 나는 내가 어디로 가야 하는지 알지 못했다. 내가 가야 하는 단 한 곳이 있다면 그건 바로 멜리사 언니의 뒤였다.

언니가 방을 나섰다. 나는 언니의 뒤를 졸졸 따라갔다.

"왜 나가는 거야? 어디로 갈 건데? 어제 무슨 일 있었어?"

멜리사 언니는 욕실로 들어갔다. 나는 변기 뚜껑 위에 앉았다.

"아버지가 소냐랑 같이 집에 왔어."

언니가 캐비닛을 열고 화장품을 꺼냈다. 나는 다리를 들어 올려 무릎을 티셔츠 자락 안으로 쑥 집어넣었다. 거울을 향해 몸을 굽힌 언니는 입을 벌린 채 손으로 눈꺼풀을 잡아 올리며 검은 아이라인을 그렸다. 언니 말을 더 들을 필요도 없었다. 어젯밤의 상황이 절로 그려졌다. 소냐는 그 바보 같은 부츠를 신고 복도에 서 있었을 것이다. 아버지에게 팔을 두른 채. 그리고 언니에게 "안녕, 우리 왔어"라고 말했을 것이다. 언니는 어쩔 수 없이 고맙다고 말했을 것이고 아버지는 쓰러질 듯 비틀거리며 집 안으로 들어왔을 것이다.

"소냐가 무슨 일이 있었는지 다 말해줬어." 언니가 말했다.

"도대체 무슨 일?"

"아버지가 술주정을 부렸던 모양이야. 넌 더 자세하게 알 필요도 없어."

현관으로 나간 언니는 운동화 끈을 동여맨 후 코트를 입었다.

"이리 와봐. 코트에 머리카락이나 먼지가 묻어 있는지 봐줄래? 면접을 보는데 머리카락이 덕지덕지 붙어 있는 옷을 입고 있으면 보기에 안 좋잖아."

"일자리를 구하려고?"

"그 일자리는 우리 가족을 위한 거야. 놓치면 안 돼."

언니는 빨간 스카프를 목에 둘렀다. 그리고 거울을 통해 웃는 눈으로 나를 바라보았다.

"난 그 일을 할 수 있을 거야. 그쪽도 지금 일손이 급하거든. 매년 이맘때는 그래."

언니가 거울 앞으로 몸을 쑥 내밀었다. 눈을 가늘게 뜨고 이리저리 옷매무새를 점검하더니 나를 곁눈으로 보며 물었다. "어때? 그럴듯해 보여?"

"응. 머리가 조금 부스스해 보이지만……."

"헤르만 에릭센 씨는 오히려 이런 모습을 더 좋아할 거야."

❄

헤르만 에릭센 씨는 멜리사 언니를 마음에 들어 했다. 정말 부스스한 머리 때문이었을까. 어쩌면 언니의 화장한 얼굴이나 스카프를 좋아했을지도 모른다. 아니, 그는 정말 언니 말대로 일손이 급했던 것일지도 모른다. 언니는 저녁이 되어서야 집에 돌아왔다. 현관에서 신발과 코트를 벗어 던지고 부엌으로 들어오더니 식탁 의자에 앉아 피곤한 듯 얼굴을 문지르며 말했다.

"내가 그 일을 하게 되었어. 당장 시작하기로 했고. 부탁인데 시리얼과 마른 양말 한 켤레만 가져다줄래?"

나는 시리얼과 그릇, 숟가락을 가져왔다. 그릇에 우유를 붓는 언니 옆에 마치 웨이터처럼 서 있었다. 언니가 고개를 들고 내게 고맙다고 말했다. 얼굴에 화장이 번져 있었다. 나는 설탕과 양말도 가져왔다. 언니는 한 손으로는 시리얼을 먹고 다른 한 손으로는 이마를 짚고 있었다.

"왜? 무슨 말이 하고 싶은 거야?" 언니가 고개를 들고 나를 보며 물었다.

"일자리를 얻었는데 왜 기분이 안 좋아?"

"아, 그거? 응……."

언니는 숟가락을 식탁 위에 내려놓았다.

"실은 아버지보다 돈을 훨씬 적게 받아. 게다가 일자리를 구걸한 것 같아서 기분이 좋지만은 않네."

"정말 구걸한 건 아니지?"

"아니, 정말 그랬어."

언니가 그릇을 들어 올려 남은 우유를 마셨다.

"진짜야. 난 일자리를 구걸했어."

❄

밤이 되었다. 나는 언니 옆에 누웠다. 언니의 몸이 뻣뻣했다.

"거기 사람들 때문에 미칠 것 같아." 언니가 말했다.

나는 발가락으로 언니의 다리를 살짝 건드렸다.

"자기들이 우리를 도와주는 거래."

언니는 몸을 뒤틀더니 이불을 발로 차 내렸다.

"게다가 아버지가 미리 당겨 받은 돈을 내 월급에서 제하겠대. 그건 그렇고 이 방은 왜 이렇게 밝은 거야? 짜증 나게!"

언니가 침대에서 일어났다. 천장에 어른거리는 자동차 불빛 때문에 잠을 잘 수가 없다며 블라인드를 내리려고 했다. 하지만 블라인드는 꽤 오래전에 고장이 난 터라 꼼짝도 하지 않았다. 언니는 신경질적으로 블라인드를 홱 잡아당겼다. 결국 윗부분이 조금 떨어지더니 창을 비스듬히 가렸다.

"됐어. 이만하면 괜찮아." 침대에 누우며 언니가 말했다. 곧이어 베개를 돌돌 말아 베고선 눈을 감았지만 나는 언니가 잠들지 않았다는 것을 잘 알고 있었다.

"눈을 감아도 내 머릿속에는 온통 나무뿐이야. 젠장! 그 사람들이 나를 세뇌했나 봐." 언니가 중얼거렸다.

"응. 그런가 봐." 나는 맞장구를 쳤다.

"게다가 난 그 사람들이 우리한테 호의를 베풀었다고 생색내는 게 너무너무 싫어."

"응."

창밖에서 개 짖는 소리가 들렸다. 언니가 한숨을 푹 내쉬었다. 나는 물었다. "그런데 그 사람들이 정말 우리한테 호의를 베푼 게 맞아?"

이번에도 언니는 대답 없이 한숨만 쉬었다.

❄

그들이 말한 호의가 무엇인지 마침내 이해했다. 언니는 새벽 여섯 시에 출근해서 학교에 가기 전까지 두 시간 동안 일을 하고, 학교 수업이 끝나면 다시 그곳으로 가서 가게 문을 닫을 때까지 일을 해야만 했다. 그 사람들은 언니를 배려해서 특별히 시간을 조정해 줬다고 했지만 언니는 사실이 아니라고 했다.

"축축하게 젖어서 차갑고 무거운 나무를 캄캄한 저녁에 진열하는 일은 몹시 힘들다는 사실을 모두 다 알아. 해가 뜨고 모든 것이 말끔히 준비된 가게에 오전 열 시쯤 느지막하게 출근하는 것과는 완전히 딴판이라고."

하지만 언니는 어쨌든 그 일을 해야 했다. 새벽과 저녁, 심지어는 주말에도 일을 해야 했다. 다른 사람들은 나무 진열이 끝난 오전 열 시에 출근했다. 그럼에도 언니의 일은 그들이 베푼 호의에 불과했고, 아버지가 받았던 선급금을 제한 액수를 월급으로 받아야만 했다.

"사실, 이건 무의미한 일이야. 도대체 누가 오전 열 시에 크리스마스트리를 사러 오겠어? 아침 식사도 하기 전에 시내에 나가서 크리스마스트리를 산 다음 집으로 가져가는 사람은 아무도 없다고."

"그럼. 아무도 없지." 나는 언니 말에 장단을 맞췄다.

"어쨌든 내일은 너 혼자 일어나서 학교 갈 준비를 해야 돼. 나는 새벽에 나가서 진열을 해야 하거든."

"알았어."

잠시 후, 나는 다시 말문을 열었다. "그런데 진열이 뭐야?"

"나무를 보기 좋게 놓는 거야. 거기서 내가 하는 일은 모두 나무와 관련된 거야."

❅

학교 수위 아저씨는 자주 이런 말을 꺼냈다. "네 언니 말야. 그 애는 도저히 잊히지가 않아. 걔가 이 학교에 다닐 때는 혼자서 운동장을 휩쓸다시피 했거든."

"민병대였지." 수위 아저씨는 이렇게 말할 때도 있었다. "만약 전쟁이 나면 난 누구보다도 먼저 네 언니를 데리고 갈 거야."

❅

다음 날 아침, 눈을 떴을 때 언니는 이미 집을 나선

후였다. 나는 홀로 학교에 갔다. 팀을 짜서 크리스마스 장식을 만드는 날이었다. 나는 무세와 메론과 한 팀이 되었다. 우리는 색종이로 종이 사슬을 만들기로 했지만, 나는 제대로 하지 못했다. 무세가 말했다.

"너 오늘 좀 이상해. 무슨 일 있어? 아까부터 색종이를 뒤집어 붙이고 있잖아."

어느새 학교 수업이 끝났고, 나는 집에 돌아갔다. 하지만 나는 안으로 들어가지 않고 복도에 홀로 우두커니 서 있었다.

집 안은 텅 비어 있었고 어두컴컴했다. 내 마음도 그랬다. 아름다운 것이라곤 아무것도 없었다. 장식품이라고 할 수 있는 단 하나의 물건은 할머니가 물려준 갈색의 구부정한 외투 걸이뿐이었다. 더 이상 이런 곳에 있고 싶지 않다는 생각이 스쳐 가서 다시 밖으로 나갔다.

주유소를 향해 걸었다. 무언가 알 수 없는 액체가 쏟아졌는지 아스팔트는 무지갯빛을 띤 채 흥건히 젖어 있었다. 나는 건너편에 있는 크리스마스트리 가게를 바라보았다. 남자 두 명이 서서 대화를 나누고 있었다. 나무 사이를 바쁘게 오가던 언니는 나를 보고서도 못 본 체했다. 언니가 입고 있는 외투는 너무나 크고 헐렁해서 축 늘어져 있었다. 나는 빨간 신문 상자 위에 앉았다. 언니는 운반대에서 나무 한 그루를 들어 올려 작대기로 크기를 잰 후, 어떤 기계 속으로 나무를 밀어 넣었다. 그러자 반대편으로 그물로 포장이 된 나무가 나왔다. 언니는 내게 손을 흔들어주지도 않았다. 한참 후에야 언니가 마지못한 듯 내게 다가왔다. 때는 이미 어둑어둑한 오후였다.

"집에 가. 네가 여기 있으니까 일에 집중을 할 수가 없어." 언니가 말했다.

나는 고개를 저었다.

"집에 가라니까. 직장에 동생을 데리고 오는 사람은 없어."

나는 아무 말도 하지 않았다.

"에릭센 씨는 미치광이야. 그 사람이 여기 있으면 난 화장실 갈 시간도 없이 일을 해야 돼."

하지만 언니는 나를 집으로 돌려보내지 못했다. 나는 계속해서 고개를 세차게 저었고, 언니는 하는 수 없이 다시 일을 시작해야만 했다. 목도리를 목에 칭칭 감으며 언니는 몸을 돌렸다.

날이 어두워지고 있었지만 나는 여전히 언니의 모습을 볼 수 있었다. 야외 판매장 기둥에 설치된 조명 때문이었다. 한참 후 밤이 되었다. 에릭센 씨는 퇴근했는지 보이지 않았다. 마침내 일을 마친 언니는 가게 막사 안으로 들어갔다. 다시 나왔을 때는 코트를 입고 있었다. 언니는 간판을 접어 벽에 기대 놓고, 전기 스위치를 내렸다. 그러자 판매장에는 어둠이 찾아들었다. 언니가 내게 다가왔다.

언니는 내 손을 잡아주었다. 우리는 함께 집으로 돌아왔다. 언니는 백짓장처럼 창백한 얼굴로 느릿느릿 발을 옮기면서 아무 말도 하지 않았다.

❄

집에 돌아온 후 나는 언니한테 마른 양말을 가져다줬다. 우유에 시리얼과 설탕을 타 먹은 언니는 욕실에서 일이 정말 짜증스러우며 힘들다고 말했다.

"사람들은 크리스마스트리를 생각할 때 아늑하고 행

복한 느낌을 떠올리지. 하지만 이 업계는 정말 쓰레기 같은 사람들로 가득해. 내 장갑도 엉망이야. 나뭇잎들이 다 뚫고 들어와서 있으나 마나야."

나는 변기 뚜껑 위에 앉았다. 언니는 머리를 툭툭 털어 묻어 있는 잎을 세면대 위로 털어냈다.

"사람들은 전나무 잎에 찔리면 얼마나 아픈지 몰라. 판매장에 가만히 서서 '네, 이게 마음에 드세요, 사모님? 거실에 들여놓으실 건가요?'라고 말하고 있노라면 뼛속까지 한기가 스며들어. 얼마나 추운지 넌 상상도 못 할 거야."

수도꼭지 아래로 머리를 숙인 언니는 물을 틀고 얼굴을 세차게 문질렀다.

"언니는 손님들을 사모님이라고 불러?"

"뭐? 이렇게 있으니까 네 말이 잘 안 들려."

"사모님이라고 부르냐고."

언니가 수돗물을 잠그고 고개를 들었다. 눈 주위가 거뭇거뭇했고, 양 볼에 물이 흘러내리고 있었다. 팔에는 작고 붉은 점들이 가득 찍혀 있어 핼러윈 분장을 한 것처럼 보였다.

"로냐, 그게 중요한 게 아냐. 요점은 바로 내가 노예라는 거지."

언니는 자신이 토미의 노예이며, 토미는 에릭센 씨의 노예라고 했다. 에릭센 씨 역시 따지고 보면 노예에 불과하지만 너무 멍청해서 그걸 모른다고 했다.

"그 사람은 크리스마스와 예수와 기독교의 노예라고 할 수 있어. 그리고 기독교는 자본주의의 노예지. 문제는 바로 그거야." 언니가 말했다.

"뭐가?"

"모든 게 문제야. 하나도 빠짐없이."

❆

나는 다음 날도 그곳에 갔다. 전날보다 훨씬 추웠다. 하늘은 파랬고 자동차들은 솜뭉치 같은 매연을 뿜어댔다. 나는 신문 상자 위에 앉아 주유소 담벼락에 머리를 기댔다. 다리를 모아 올린 다음 이마를 무릎에 얹었다. 배를 대고 엎드려 공중으로 발을 차올리기도 했다. 누군가가 다가와 내 신발을 톡톡 쳤다. 누가 그런 건가 싶어 몸을 비틀어 돌아봤다. 한 남자가 내 발치에 서 있었다.

"안녕. 네가 동생이구나?"

방한복을 입은 그는 큼지막한 검은 장갑을 끼고 있었다. 나는 일어나서 앉았다.

"난 토미라고 해." 토미가 장갑 낀 손을 내밀며 말했다.

"이리 와. 나랑 같이 저쪽으로 가자."

"안 돼요."

"괜찮아. 에릭센 씨는 이미 퇴근했어."

"언니가 싫어해요."

"이건 멜리사가 결정할 일이 아니란다." 토미가 장갑 낀 손으로 내 손을 잡으며 말을 이었다. "얼른 따라와. 직원회의를 할 거니까."

그는 진열된 나무들 사이로 나를 이끌었다.

"멜리사! 잠깐 이리로 와봐." 토미가 소리쳤다.

땅에 쪼그려 앉아 나무를 일으켜 세우던 언니는 나뭇가지 사이로 우리를 내다보더니 엉금엉금 기어 나왔다. 겁에 질린 얼굴이었다.

"괜찮아. 이 아이를 데려온 건 나야."

토미는 막사로 가서 문을 열었다.

"여기 앉아. 크리스마스 쿠키를 먹어도 돼."

막사 안은 따뜻했고 라디오도 있었다. 바닥은 흙먼지로 지저분했다. 라디오에서는 어린이 합창단이 부르는 〈오 거룩한 밤〉 캐럴이 흘러나왔다. 나는 캠핑 의자에 앉았다. 토미는 내 맞은편에 앉았다. 언니는 가만히 서 있었다. "오, 거룩한 밤, 별빛이 찬란한데." 아이들이 노래를 불렀다. "영광의 아침 동이 터온다."

"멜리사, 영하 5도 날씨에 동생이 하루 종일 상자 위에 앉아 있게 내버려두면 안 돼."

"알아요. 저도 그렇게 말했어요."

토미가 나를 바라보았다.

"그렇군. 그럼 너는 왜 거기 앉아 있었니?"

언니는 장갑에서 전나무 잎을 뽑아냈다. 토미는 작은 상자에서 스누스* 통을 꺼냈다.

"왜 그랬어? 말을 해보렴."

---

* Snus. 북유럽에서 주로 사용하는 씹는 담배의 일종.

"나는 여기에 있고 싶으니까요." 나는 대답했다.

"좋아. 그런데 궁금한 게 하나 있어. 너도 일을 하고 싶니?" 토미가 물었다.

언니가 고개를 들었다. 모자 아래로 흘러내린 부스스한 머리카락이 언니를 야생 동물처럼 보이게 했다.

"일을 하고 싶냐고요?" 내가 되물었다.

"응. 여기 와서 우리를 위해 일을 한번 해보겠니?"

나는 고개를 돌려 언니를 봤지만, 그녀는 토미만 물끄러미 바라볼 뿐이었다.

"네?"

"혹시 커미션이 뭔지 아니?" 토미가 내게 물었다.

토미는 커미션이 아주 간단한 개념이라고 했다. 사람들이 보통 리스라고 부르는 장식용 녹색 식물을 팔면 수수료가 토미에게 떨어진다는 것이다.

"나무를 생각하면 이해하기가 쉬울 거야. 사람들은 그걸 크리스마스트리라고 부르지만, 에릭센 씨는 그냥 덤불이라고 부른단다."

그는 리스뿐만 아니라 곡물 다발*을 팔아도 수수료를

받을 수 있다고 했다.

"난 커미션이 필요하단다. 아내가 임신을 했거든. 그래서 돈을 더 벌어야 해."

두 눈을 질끈 감은 언니가 문가에 몸을 기댔다.

"너희도 기저귀 교환대가 얼마나 비싼지 알지? 하지만 사람들은 이것만큼은 중고품이 아닌 새것을 사고 싶어 해. 그건 이해할 수 있을 거야."

"그래서 하고 싶은 말씀이 뭐죠?" 언니가 말했다.

"너희들이 나를 도와 이 일을 하면 내가 받는 커미션을 나눠 받을 수 있다는 거야."

토미가 미소 지었다.

"굳이 그렇게 할 이유가 없잖아요. 혼자 커미션을 차지하면 될 텐데요." 언니가 말했다.

"내겐 계획이 있거든." 토미가 말했다.

"어떤 계획이요?"

"바로 이 아이!" 토미가 나를 가리키며 말을 이었다.

---

* Julenek. 노르웨이의 전통적인 크리스마스 장식으로 새들이 먹을 수 있게 짚단에 리본을 묶어 매달아 놓는다.

"네 동생이 바로 내 계획이야."

"한번 잘 생각해 봐. 사람들은 크리스마스트리를 사러 여기에 오잖아, 그렇지? 그런데 그 사람들이 정말로 사려는 건 뭘까?" 토미가 말했다.

"……덤불?" 내가 말했다.

"좀 더 크게 봐. 고객들이 정말 필요로 하는 게 뭐라고 생각하니?"

"덤불과 장식용 녹색 식물인가요?" 내가 되물었다.

"그보다 더 큰 거야."

나는 고개를 끄덕이다가 이내 좌우로 저었다.

"얘들아, 우리가 파는 건 꿈이야. 사람들이 사는 건 바로 크리스마스 정신이란다. 그걸 가장 잘 느낄 때가 언젠지 알아?"

"지금 퀴즈 대회가 열렸나요?" 언니가 쏘아붙였다.

하지만 토미는 언니를 본 척도 않고 나를 뚫어지게 바라봤다. 그의 눈동자는 연한 하늘색이었다.

"그건 바로 자기가 착한 일을 한다고 느낄 때야." 토미가 말했다.

그리고 그는 크리스마스 시즌이 오면 갑자기 바빠지는 거지들을 이야기했다. 요즘 사람들은 크리스마스 선물 대신 아프리카에 염소를 보낸다고 했다. 그래서 지금 그곳은 염소로 가득할 거라고, 12월이 되면 매일 구세군 앞에 줄이 길게 늘어선다고 했다.

"부자들은 크리스마스가 되면 도움이 필요한 사람들을 절실히 찾아 헤매지. 정말이야. 요즘은 크리스마스에 가족끼리만 모여 단출하게 축하를 하는 사람들을 거의 찾아볼 수 없어. 모두 가난한 사람들이나 마약 중독자들과 함께 크리스마스를 보내고 싶어 한다니까."

나는 크리스마스 쿠키를 입에 넣었다. 쿠키에 침이 묻자 촉촉하고 부드러워졌다.

"너희들은 크리스마스가 되면 사람들이 어떤 이야기를 제일 듣고 싶어 하는지 알아? 바로 '성냥팔이 소녀'야. 그게 어떤 내용인지 잘 알지?"

"크리스마스트리에 대한 이야기잖아요!" 쿠키를 입에서 꺼낸 내가 소리쳤다.

"그건 창문 너머로 구운 거위 요리를 바라보는 어느 굶주린 어린이 이야기야." 토미가 스누스 통을 탁자에 툭툭 내려치더니 멜리사 언니를 향해 고개를 끄덕이며 말을 이었다.

"젠장. 아, 미안해. 네 표현을 따라 해봤어. 어쨌든 그게 바로 사람들이 말하는 크리스마스 정신이란다."

"네." 내가 고개를 끄덕이며 대답했다.

"그렇다면 사람들은 크리스마스에 어떤 사람을 가장 먼저 도와주고 싶어 할까? 제일 먼저 도와주고 싶은 사람 말이야." 토미가 다시 질문을 던졌다.

"잘 모르겠어요." 내가 대답했다.

"삐쩍 마른 어린아이야."

"삐쩍 마른?" 언니가 신경질적으로 되물었다.

"맞아. 여기에 바로 그런 아이가 있지!" 토미가 내 머리를 톡 쳤다.

❄

"곡물 다발과 리스 사세요!" 나는 힘껏 소리쳤다. "리스와 곡물 다발 사세요! 수익금은 가난한 어린이들에게 전달됩니다!"

다음 날이었다. 나는 그냥 거기 서 있기만 하면 되는 거였다. 그게 내 일이었다. 인도에 서서 곡물 다발을 안고 손님들을 끌어들여 리스를 사게 하는 것. 나는 연약하고 착하며 가난하게 보이면 되었다. 토미는 이렇게 번 수익의 반을 우리에게 주기로 했다. 언니는 사람들이 그렇게 멍청할 리가 없다고 말했지만 그 말이 틀렸다는 사실이 드러났다.

행인들은 거의 대부분이 내 앞에서 발걸음을 멈추었다. 그들은 얼굴에 미소를 띠고 지갑을 꺼냈다. 나이 많은 여인, 젊은 여성, 그리고 스텔라네 아버지까지도. 그들은 장갑 낀 손에 가방을 들고 있었으며, 말을 할 때는 입에서 하얀 입김이 스멀스멀 새어 나왔다. "세상에, 여길 좀 봐요! 옛날 사람들이 쓰던 전통 곡물 다발이에요. 사랑스러운 어린 소녀도 있군요." 나는 웃는 얼굴로 고개를 끄덕였다. "계산대는 저쪽에 있어요."

날이 어두워질 무렵 어디론가 달려가는 무세를 봤다. 그는 양가죽이 달린 멋진 청재킷을 입고 있었다. 달리던 무세는 내 앞에 와서 멈추더니 이렇게 물었다.

"왜 여기 있어?"

"응, 일자리를 얻었어."

"넌 정말 행운아야. 그런데 이걸 판 돈이 가난한 어린이들에게 전달된다고?"

"응, 어떤 면에서 보자면 그래."

"넌 정말 착해. 진심이야." 무세는 미소 지으며 말을 이었다. "내일 학교에서 보자. 안녕."

나도 그에게 미소 지어 보였다. 무세는 다시 달려갔다. 나는 그가 내일 반 애들한테 뭐라고 말할지 짐작이 갔다. '마카로냐가 일자리를 얻었대.' 나는 일을 계속했다. 일이 끝날 무렵이 되니 다리가 너무 아팠다. 얼마 지나지 않아 언니가 내게 막사로 들어오라고 소리쳤다.

"넌 천재야!" 언니가 말했다.

내 가방에서 공책을 꺼낸 언니가 계산을 하기 시작했다.

"200, 400, 600…… 마카로냐! 믿을 수가 없어. 이대로 가면 리스는 곧 동이 날 거야."

토미가 들어와 문을 닫았다.

"얘들아."

"토미, 로냐는 천재예요!"

"얘들아!"

토미가 허리에 차고 있던 돈주머니를 테이블 위에 내려놓으며 말했다. "정말 잘했어. 그런데 다 좋은데 말야, 가난한 아이들에게 전달한다는 말은 좀 아닌 것 같아. 꼭 그렇게 해야 할까?"

"하지만 처음부터 그렇게 하기로 했잖아요." 언니가 말했다.

"나도 알아. 때로는 진실을 조금 과장하는 것도 괜찮다고 생각해. 하지만 로냐는 동네 사람들이 다 알 정도로 떠벌리고 있잖아."

우리는 아무 말도 하지 않았다.

"우리가 번 돈은 가난한 아이들에게 전달되지 않아. 우린 에릭센 씨를 위해 물건을 팔고 있어. 그리고 에릭센 씨 부부는 한겨울에도 고급 오픈카를 타고 하델란을 돌아다니잖아. 사실, 그건 믿을 수 없을 정도로 멍청한 짓이지만." 토미가 말했다.

"그래서 요점이 뭐예요?" 언니가 물었다.

"응, 그러니까…… 에릭센 씨 부부는 가난하지 않다는 말이지."

"하지만 우리는요?" 내가 물었다.

"……우리가 뭘?" 그가 되물었다.

나는 대답하지 않았다. 그에게 스스로 생각할 시간을 주고 싶었기 때문이다. 토미의 하늘색 눈동자는 나를 가만히 바라봤다.

"아저씨는 곧 아빠가 된다고 하셨죠." 내가 말했다.

"아이가 태어나자마자 부자처럼 넉넉하게 살 수 있을 것 같나요?" 언니가 거들었다.

"기저귀 교환대를 사고 싶다고 하셨죠?" 내가 또 말했다.

토미가 나와 언니를 번갈아 쳐다보다가 내게 시선을 고정했다.

"너희들 말에도 일리가 있구나."

나는 쿠키 하나를 집어 들었다. 언니는 공책에 플러스 기호를 천천히 그렸다. 마침내 토미가 결심한 듯 고개를 끄덕였다.

"그래, 계속해 보자. 그런데 다음부터는 조금 더 낮은 목소리로 손님들을 모으는 게 좋을 것 같아."

그날 토미와 우리는 각각 200크로네를 가져갔다. 다

음 날은 300크로네씩 벌었다. 언니는 공책에 적힌 숫자를 가리키며 말했다. "여기에 네 크리스마스트리가 있어." 사흘째 되던 날, 토미는 유아용품 상점에서 새 기저귀 교환대를 구입했다. 그의 아내는 토미를 천사라고 불렀다. 나는 매일 학교 수업이 끝나면 주유소로 달려가 디젤 펌프 뒤에 몸을 숨기고 망을 봤다. 에릭센 씨가 가게를 비우고 판매장 모퉁이에 리스가 걸리면 나는 곧바로 일을 시작했다. 일을 한다는 것. 그건 사람이 할 수 있는 행위 중에서 가장 좋은 것이다.

❄

일을 할 때면, 무언가를 생각할 필요도 없고 느낄 필요도 없으며 궁금해할 필요도 없다. 내가 우리 집 거실에 앉아 있는 사람들의 말소리를 들으면서도 그들이 무슨 말을 하는지 듣지 않는 것과 비슷하다. 내가 아버지를 보면서도 아버지를 보지 않는 것처럼. 그들이 "로냐, 좀 웃어봐"라고 하면 나는 미소를 짓는다. 그뿐이다. 아버지가 "난 퇴위엔에서 자라라고 네게 로냐라는 이름을

지어준 게 아냐. 별이 빛나는 하늘을 볼 수 없는 곳에서 아이들이 살아선 안 돼"라고 말할 때면 나는 이렇게 대답했다. "난 괜찮아요, 아버지." 나는 현관으로 가서 외투 걸이에 걸려 있던 재킷을 입었다. 왜냐하면 내겐 할 일이 있으니까. 나는 손님들에게 미소 짓는 일을 좋아했고, 그들의 지갑도 좋아했다. 나는 "크리스마스가 다가와요. 리스는 준비하셨나요?"라고 묻는 것도 좋아했다. 학교 수위 아저씨는 교문 옆에서 내 머리를 톡톡 두드리며 물었다. "뭐가 그렇게 좋아서 웃고 있니? 전에는 이렇게 웃었던 적이 없었잖아." 나는 웃음을 숨길 수 없었다. 장식용 곡물 다발과 리스를 생각하며 그것들을 팔기 위해 소리쳐야 했기 때문이다. 내가 피곤함을 느끼면 언니는 대번에 알아차리고 손을 흔들어 나를 불렀다. 그러고는 계단에 앉아 좀 쉬라고 말했다. 토미는 주유소에서 코코아를 사 와서 내게 건넸다. "너는 작지만 훌륭한 돈 버는 기계야. 기계가 고장 나지 않게 가끔 기름칠도 해줘야지."

저녁이 되면 우리는 가게 문을 닫고 창고 안에 앉아

그날 번 돈을 세었다. 토미는 다른 지역에 있는 크리스마스트리 가게 이야기도 들려줬다. 그들은 우리보다 훨씬 나쁜 사람들이라고 했다. 그들은 줄자의 눈금을 볼 수 없는 노인들을 속이고, 청소용 솔처럼 생긴 볼품없는 나무들을 판다고 했다. 90년대에 니테달이라는 동네에서는 두 회사가 치열하게 경쟁을 벌여 전장을 방불케 했다고도 말했다.

"거기서 무슨 일이 있었는지 아니?" 토미가 말했다.

나는 고개를 저었다. 언니는 20크로네짜리 동전을 탑처럼 차곡차곡 쌓고 있었다.

"어느 날 밤, 한 직원이 소화기를 들고 나갔단다."

"왜요?" 궁금함을 참지 못하고 내가 물었다.

"왜 그랬는지 짐작이 가니? 다음 날 아침 경쟁사 사람이 출근해 보니 판매장이 엉망이 되어 있었다고 해. 나무 수백 그루가 온통 하얀 거품에 덮여 있어 형체를 알아볼 수 없을 정도였단다. 그런데 다음 날, 그 경쟁사 사람이 무슨 일을 했는지 아니?"

"뭘 했나요?"

"전기톱을 들고 나갔어."

토미가 보온병을 들었다. 언니는 동전 탑을 쌓다 말고 고개를 들었다.

"글뢰그*가 좀 남았는데 줄까?" 토미가 말했다.

"그래서 그가 뭘 했나요?" 언니가 물었다.

"넌 그 사람이 뭘 했다고 생각하니?" 토미가 되물었다.

"크리스마스트리들을 잘라버렸나요?" 내가 답했다.

토미가 고개를 천천히 끄덕였다. 그는 내 컵에 글뢰그를 조금 따라 주었다.

"그때 니테달에서 크리스마스트리를 팔았던 사람이 누군지 아니?"

"모르겠어요."

"그 사람이 바로 헤르만 에릭센이란다."

❄

햇살이 화창한 어느 날이었다. 나는 막사 앞 계단에

---

* Gløgg. 북유럽에서 겨울에 자주 마시는 음료로 각종 향신료와 블랙커런트를 끓여 만든다.

앉아 있었고, 언니는 화물 운반대 옆에 서서 전나무를 포장한 그물을 벗기고 있었다. 일은 수월해 보였다. 나무들이 축축하게 젖어 있지 않았고 꽤 부드러웠기 때문이다. 토미는 코코아를 사러 나갔다. 가문비나무 꼭대기에는 노란 박새 한 마리가 앉아 지저귀고 있었다. 나는 눈을 감았다. 박새 소리를 들으면 봄이 떠오른다. 햇살이 눈꺼풀에 닿으니 모든 것이 붉게 물들었다. 나는 문에 머리를 기댔다. 머릿속을 맴돌던 생각들은 꿈이 되었다. 노란 박새는 꿈속에서도 지저귀고 있었다.

"넌 누구니?"

낯선 목소리가 귓전을 스쳤다.

나는 눈을 떴다.

바로 거기, 내 눈앞에 서 있는 사람은 에릭센 씨였다.

나를 보던 에릭센 씨가 별안간 등을 돌려 멜리사 언니를 바라봤다. 그의 등은 작지만 꽤 널찍했다. 그는 엄지손가락을 치켜들고 어깨 너머로 나를 가리켰다.

"얘가 왜 여기 앉아 있어?" 그가 물었다.

"누가요?" 언니가 되물었다.

"여기 이 아이 말야!"

나는 몸을 일으켰다. 그 자리에서 얼른 도망치고 싶었다. 어디론가 사라지고 싶었다. 하느님, 나는 로냐가 되고 싶지 않아요. 나는 죽고 싶어요. 우주에서 빙글빙글 돌고 있는 이 지구에 살고 싶지 않아요. 그러니 이 모든 것을 지금 당장 사라지게 해주세요.

"거긴 계단이잖아요. 계단에 사람들이 앉아 있는 게 불편하신가요?"

토미가 주유소에서 나왔다. 아직 우리를 보지 못한 그는 한 손에는 코코아를 들고 다른 한 손으로는 빵 봉지를 흔들며 걸어오고 있었다. 그는 에릭센 씨를 발견하고는 봉지를 흔들던 손을 멈추고는 종종걸음으로 언니 옆으로 다가와 섰다. 입술을 꽉 깨물고 있었다.

"토미! 우리 가게에 어린애가 일한다는 소문이 돌고 있어."

"오, 그런가요? 사람들은 이상한 말을 참 많이 한단 말이죠."

노란 박새가 땅에 내려앉아 고개를 갸웃거렸다.

"지금 보니 그 말들이 그리 이상하지 않은데? 사람들

이 뭐라고 하는지 알아? '에릭센 그란' 가게에 어린애가 일하고 있다고 하더군. 우리 가게에서 귀여운 어린애가 파는 리스를 샀다고 했어. 난 처음에 그럴 리가 없다고 했지. 혹시 다른 가게에서 산 게 아니냐고 되묻기까지 했다고. 하지만 그들은 주유소 옆에 있는 가게에서 샀다면서, 그 가게가 내 가게가 아니냐고 묻더군."

"아하!" 토미가 턱으로 언니를 가리키며 말을 이었다.

"열여섯 살짜리 애를 고용하면 그런 말이 돌 법도 하죠."

"죄송합니다. 하긴 저도 제가 열두 살짜리 어린애 같다는 말을 자주 들어요." 언니가 미소를 지으며 말했다.

에릭센 씨가 언니를 바라보았다.

"아니, 열세 살……." 언니가 얼른 말을 덧붙였다.

"내 말을 잘 들어. 너희 둘은 이 가게를 책임지고 있어. 이제부터는 이 아이가 우리 가게에 얼씬거리지 않았으면 좋겠어. 에릭센 그란은 불법 아동노동과는 상관없는 사업장이야."

"알겠습니다." 토미가 말했다.

에릭센 씨가 나를 향해 돌아섰다.

"너도 내가 하는 말을 똑똑히 들었지? 이제부터는 내 눈에 띄지 않았으면 좋겠어."

"네, 알겠습니다."

"이곳은 난민 수용소가 아냐. 알았어?"

"네."

"이제 집으로 가!"

"네, 지금 집으로 갈게요."

❋

나는 집으로 향했다. 일자리에서 쫓겨난 셈이었다. 비상계단을 통해 집에 올라갔다. 2층 복도 문을 열자 아론센 씨가 보였다. 그는 복도 중앙, 우리 집 현관 앞에 서 있었다. 현관문은 열려 있었다. 그가 하는 말이 들려왔다.

"이젠 나도 어쩔 수 없습니다."

나는 꼼짝도 않고 가만히 서 있었다. 내 안에 있는 공기가 다 빠져나가고 몸이 납작해진 것 같았다. 종이 인형이 된 것처럼 몸이 휘청거렸다. 하지만 그 누구도 나를 붙잡아 주지 않았다. 아버지의 목소리가 들렸다.

"뭘 어쩔 수가 없다는 겁니까? 당신은 옛날에 회계사로 일하지 않았나요?"

갑자기 우리 집 현관 쪽에서 소란스러운 소리가 났다. 외투 걸이가 넘어지는 소리 같기도 했다.

"세상에!" 아론센 씨가 외쳤다. 잠시 후 그는 고개를 절레절레 저으며 이렇게 말했다. "적어도 내가 무슨 생각으로 이런 말을 하는지는 잘 아실 거라 믿습니다."

현관문이 닫히고, 몸을 돌린 그가 나를 발견했다.

"안녕." 아론센 씨가 내게 인사를 건넸다.

"안녕하세요."

"지금 집에 가는 길이니?"

나는 고개를 끄덕였다.

"우리 집에 잠시 들렀다 갈래?"

"저는 낯선 사람 집엔 가지 않아요."

"그래, 알았다."

하지만 그가 계속 복도 한가운데에 서 있는 한, 나는 어디로도 갈 수가 없었다. 그의 머리에는 흰머리가 듬성듬성 나 있었다.

"그런데 네 언니는 어디 있니?" 아론센 씨가 물었다.

"지금 직장에 있어요."

"넌 집에 가는 길이고?"

나는 그가 그런 눈빛으로 나를 보는 것을 견딜 수 없었다. 그런 말을 하는 것도, 그런 생각을 하는 것도 싫었다.

"사실은 집에 가방만 내려놓고 다시 나갈 생각이었어요."

복도를 따라 걸어간 나는 우리 집 현관문 앞에 가방을 내려놓았다. 그리고 아론센 씨를 본 척도 않고 반대편 비상구로 걸어가 문을 열고서 사라졌다.

하지만 나는 사라지지 않았다. 그건 불가능한 일이었다. 나는 제자리에 가만히 서서 빨간 비상문만 뚫어지게 쳐다보았다. 어디로 가야 할지 모르는 채.

❄

그런 날이 다시 돌아왔다. 나는 거실 소파에 앉아 있

는 사람들이 싫었고, 소냐가 "아니, 이게 누구야? 로냐가 왔구나"라고 말하는 것도 참을 수 없었다. 자기에게도 딸이 한 명 있으며, 딸이 보건소에서 일하느라 정작 자신을 돌봐줄 시간이 없다는 말을 하는 것도 참을 수 없었다. 아버지가 토하는 소리도 참을 수 없었고, 다음 날 머리가 지끈지끈 아프다고 불평하는 것도 참을 수 없었다. 나는 학교에서 수업에 집중하려 했지만 내가 집중해야 할 거라곤 아무것도 없었다. 단지 루세카트* 빵과 〈오 거룩한 밤〉 노래뿐이었다. 무세가 "메리 크리무세마스"라고 말하는 농담에도 웃지 않았다. 선생님은 우리에게 루치아 축제** 알림장을 나눠주었고, 우리는 수업 내내 〈오 거룩한 밤〉 노래를 불렀다. 아이들은 온종일 축제에 대해 이야기했지만 나는 전혀 즐겁지 않았다. 쉬는 시간이 되자 무세가 내게 말했다. "어제는 크리스마스트리 가게에 네가 안 보이더라." 나는 기분이 좋

---

* Lussekatt. 사프란과 건포도를 넣어 만든 것으로 루치아 축일을 기념하며 먹는다.
** 노르웨이에서는 12월 13일에 루치아 성녀를 기념하며 아이들이 흰옷을 입고 촛불을 든 채로 노래하며 빵을 나누어 먹는 전통 행사가 열린다.

지 않았다. 점심시간이 되자 교문 옆 기둥으로 갔다. 매우 추운 날이었으나 눈은 내리지 않았다. 수위 아저씨가 내게 뵈레크를 나눠 줬지만 나는 배가 고프지 않았다. 나는 다람쥐에게 주려고 뵈레크를 잘게 부수었다. 어쩐 일인지 다람쥐도 슬퍼 보였다. 이상하진 않았다. 그 다람쥐는 퇴위엔에 사는 유일한 다람쥐이기 때문에 친구가 없어 외로울 터였다. 그런 날들 중, 여느 때와 마찬가지로 밖에 서 있는데 아버지가 길 건너편을 지나가고 있었다.

아스팔트와 햇살. 매우 평범한 아스팔트와 햇살이었다. 시간은 열두 시밖에 되지 않았다. 하지만 아버지는 몸을 비틀거리며 제대로 걷지 못했다. 그 모습을 보자 얼굴이 화끈거리고 몸은 얼음장처럼 차가워졌다. 나를 발견한 아버지가 미소를 지으며 손을 들어 올렸다. 나도 손을 들어야만 했다. 학교 아이들 누구나 볼 수 있는 곳에 아버지가 있었다. 문득 내 목을 잘라버리고 싶다는 생각이 스쳤다. 홍수가 나고 불이 나고 폭풍이 몰아쳤으면 좋겠다고 생각했다. 물이 차올라 거리가 잠기고 불이 나서 모든 것이 타버리면 얼마나 좋을까. 그러면 아버지도 스타게이트 생각을 하지 않을 것이다. 아무도 우리를 생각하지 않을 것이다. 모두들 불타는 가로수와 여기저기 떨어지는 건물 잔해를 피해 뛰어다닐 테니까. 그렇다, 그런 일이 생기면 모두 자기 아이들을 등에 업고서 달리지 않을까?

하지만 거리는 햇빛을 받아 반짝였다. 아이들은 "얘들아, 여기 모여!"라고 소리치며 놀고 있었다. 수위 아저씨가 뿜어내는 담배 연기가 하늘을 향해 모락모락 피어올랐다. 아버지가 길 한복판에서 내게 미소를 지어 보이며 손을 흔들었다. 그리고 다시 앞으로 걸어갔지만 걸음걸이는 여전히 우스꽝스럽기 짝이 없었다. 가만히 보니 아버지는 바지에 오줌을 싼 것 같기도 했다. 운동장에서 놀고 있던 아이들이 노래를 부르기 시작했다. "우리 집에 왜 왔니 왜 왔니 왜 왔니……." 숨이 쉬어지지 않았다. 내가 무슨 말을 해야 할까. 수위 아저씨는 뭐라고 할까. 애들은 어떤 말을 할까. 아버지는 계속 손을 흔들었다. 멈추지 않고 손을 흔들었다. 그 순간, 그의 등 뒤에서 어떤 일이 생겼다. 그 바람에 아버지는 뒤를 돌아봤다. 처음에 나는 무슨 일이 벌어졌는지 알 수 없었지만 곧 진상이 밝혀졌다.

바람둥이 아저씨가 키우는 강아지였다. 강아지가 아버지의 다리 위로 뛰어오른 것이다. 곧이어 바람둥이 아저씨가 모습을 드러냈다. 그는 횡단보도에서 아버지에게 무슨 말인가를 했다. 아버지는 여전히 나를 향해 팔을 흔들었다. 바람둥이 아저씨는 고개를 절레절레 흔들더니 아버지의 등에 팔을 두르고는 돌려세웠다.

그리고 그들은 함께 걷기 시작했다. 바람둥이 아저씨는 한 손에 강아지의 목줄을 잡고 다른 한 손으로는 아버지의 등을 떠밀며 걸었다. 잠시 후 길모퉁이를 돈 그들은 자취를 감추었다.

나는 학교 운동장을 향해 고개를 돌렸다. 아이들은 정글짐 주위를 뛰어다니며 소리를 지르거나 웃음을 터뜨리고 있었다. 나는 기둥에 몸을 기댔다. 마치 방금 체육 수업을 마친 듯 온몸에 힘이 쭉 빠졌다. 귀에 심장이 거세게 뛰는 소리가 울렸다. 수위 아저씨는 기둥에 담배꽁초를 문질러 불을 껐다.

"네가 부끄러워할 일이 아니야."

그는 불이 꺼진 꽁초를 담뱃갑 속에 넣었다.

"네?"

"술은 사람의 삶을 지배할 수 있단다. 누구나 다 아는 사실이지."

나는 사람들이 그런 것을 보고 그런 것에 대해 이야기하는 것을 견딜 수 없다. 그건 정말 견딜 수 없다. 나는 그들이 그런 것을 생각하고 기억하고 아는 것도 견딜 수 없다.

"저는 아저씨가 무슨 말을 하는지 못 알아듣겠어요. 아저씨는 우리 나라 말도 잘 못하잖아요!"

수위 아저씨는 앞만 바라보았다. 시간은 계속 흘렀다. 머릿속에 온갖 생각들이 떠올랐다. 아저씨는 아무 말도 하지 않았다. 그저 주머니에 손을 넣고 서 있을 뿐이었다. 내 가슴 속에서는 모든 것이 얽히고설키며 결코 풀 수 없는 매듭이 되어 갔다. 수업 종이 울렸다. 멍하니 교실로 향하는데, 아저씨가 내 머리 위에 손을 얹었다. 나는 걸음을 멈췄다.

"마카로냐."

아저씨가 내 정수리를 톡톡 두드렸다. 마치 잠겨 있는 문에 노크하듯.

"집에 모자가 없니? 날이 추워지기 시작하는구나."

❄

그날 저녁, 나는 잠을 이루지 못했다. 욕실에서 아버지의 목소리가 들렸다. 잠시 후 아버지는 방문 앞에 서서 "잠깐 나갔다 올게"라고 말하고는 현관문을 잠그지도 않고 나갔다. 나는 비상계단을 내려가는 아버지의 발소리를 들었다. 침대에서 일어나 문단속을 했다. 내 눈이 멀고 귀도 먹었으면 좋겠다고 생각했다. 다시 침대에 누웠다. 내가 할 수 있는 유일한 일은 눈을 감는 것뿐이었다. 눈을 감았다. 하지만 머릿속에는 여전히 온갖 생각이 가득했다. 아무것도 모르는 바보 멍청이가 되고 싶었다. 식물인간이 되고 싶었다. 얼마나 시간이 흘렀을까. 멜리사 언니가 현관문을 여는 소리가 들렸다. 나는 언니가 가방을 바닥에 툭 던지듯 내려놓는 소리, 샤워기에서 물이 나오는 소리를 들었다. 잠시 후 방에 들어온 언니가 수건을 바닥에 내려놓았다.

"이제 왔어?"

"아직 안 자고 있었어?"

언니는 내 침대 가장자리에 걸터 앉았다. 언니 머리칼에서 떨어진 물이 이불을 적셨다.

"무슨 일 있었니?" 언니가 물었다.

"난 참 바보 같은 짓을 많이 하는 것 같아."

"어린애들은 원래 늘 그래. 삶은 그런 거야."

"루치아 축일도 그래……."

"아, 맞아! 내일이지?"

언니의 눈동자가 촉촉하게 젖어 있었다. 나는 그 눈이 참 예쁘다고 생각했다. 언니가 창밖을 바라보았다. 블라인드는 여전히 비스듬하게 내려와 있었다.

"로냐, 너무 걱정하지 마. 내가 알아서 할게. 내일 아침에 일어나면 모든 게 잘되어 있을 거야."

"……어떻게?"

"루치아 의상이 집 어딘가에 있다는 걸 알아. 아마 다락방에 있을 거야. 어쩌면 옷장 안에 있을지도 모르고. 어쨌든 내가 내일 아침 일찍 찾아놓을게."

"고마워, 언니."

"넌 내가 루치아 축제에 오면 좋겠니?" 언니가 내 머리칼을 들어 올리며 말했다.

언니가 루치아 행렬에 참여했을 때가 떠올랐다. 학교 복도를 통과하는 행렬을 아버지와 함께 목공예실 앞에서 기다렸다. 밖은 어두웠다. 언니는 제일 앞에서 걷진 않았다. 그럼에도 불구하고 진짜 루치아 성녀처럼 보이는 사람은 언니뿐이었다. 다른 사람들도 아마 다 그렇게 생각했을 것이다. 노래를 제대로 부르는 사람도 언니뿐이었다. 행렬의 다른 사람들은 그저 언니의 노래를 따라 부르는 듯했다. 언니는 우리 앞을 지나치며 내게 살짝 윙크를 해주었다. 그리고 루치아 행렬은 계단 아래로 사라졌다. 메론의 어머니가 아버지를 돌아보며 말했다. "정말 자랑스럽겠어요, 그렇죠?" 아버지는 "고맙습니다. 하지만 아이가 나를 닮아 그런 것 같진 않죠?"라고 대답했다.

"말해보렴. 내가 왔으면 좋겠니?"

"아냐, 괜찮아."

"내일 잠시 휴가를 내달라고 부탁해 볼게."

"아냐, 정말 괜찮아. 그렇게 하지 않아도 돼."

"아프다고 말하면 돼."

언니가 다시 내 머리칼을 한 움큼 들어 엉킨 부분을 풀어줬다. 머리카락은 언니의 손가락 사이에서 조금씩 흘러내렸다.

"네 머리카락은 정말 예뻐."

"아니…… 그러면 언니가 돈을 못 벌잖아."

"알았어. 어쨌든 루치아 의상은 꼭 찾아놓을게. 팔베개 해줄까?"

언니 팔을 베자 잠이 오기 시작했다. 나는 우리가 베베렌 캠핑장에 갔을 때를 떠올렸다. 그해 여름, 거의 술을 마시지 않았던 아버지는 텐트 앞에 앉아 차를 마셨다. 언니는 친구 한 명을 데려왔고 우리는 매점 옆 담벼락에 앉아 껌을 사 먹었다. 언니들은 내가 같이 있어도 된다고 했다. 껌은 분홍색 종이에 싸여 있었는데, 안에는 다양한 강아지가 그려진 스티커가 있었다. 햇살이 나무 꼭대기에 내려앉았다. 얼굴이 주근깨로 덮여 있던 언니 친구는 똑똑해 보이는 말을 자주 했다. 예를 들면,

"영혼은 뭘까?", "사람들은 우주가 무한하다고 하지만, 어떻게 무언가가 무한할 수 있어?" 같은 말들이었다.

덕분에 온갖 것을 생각할 수 있었다. 우주의 저 먼 곳과 뇌 속의 깊숙한 곳……. "너희들은 우리 인간의 문제점이 뭐라고 생각해? 인간은 질문을 던질 수 있을 정도로 똑똑하지만, 그 질문에는 대답을 못 하는 멍청한 존재야." 나는 언니들 껌에 있는 스티커를 모두 가질 수 있었다. 언니들은 씹으려고 껌을 샀겠지만, 나는 스티커에 있는 강아지 그림 때문에 껌이 좋았다. 나는 껌이라고 하면 늘 그 강아지들이 떠오른다. 껌에선 딸기 맛이 났다.

"만약 잠들어 있는 것과 깨어 있는 것, 둘 중에 하나만 고르라면 너희들은 뭘 선택할 거야?" 언니 친구가 물었다.

"자는 것." 멜리사 언니가 대답했다.

"정말?"

"정말이고말고. 잠을 자는 동안엔 이 모든 번거로움과 걱정에서 벗어날 수 있잖아? 진심이야."

❄

"우리 아기, 이제 일어나야지!" 멜리사 언니가 말했다.

나는 눈을 떴다. 해가 뜨기 전인지 창밖은 캄캄했다. 언니는 무언가 흰 것을 손에 들고 내 앞에 서 있었다.

"내가 어제 말했지? 아침에 일어나면 모든 것이 다 잘되어 있을 거라고! 자, 여기 있어."

나는 일어나 앉았다. 한기에 몸이 떨렸다. 가슴이 세차게 뛰기 시작했다.

"이게 언니가 말했던 루치아 의상이야?"

"주름져 있긴 한데…… 아론센 씨한테 가서 다림질을 해줄 수 있는지 한번 여쭤봐."

"아론센 씨?"

"응. 아론센 씨한테는 분명히 다리미가 있을 거야."

"언니가 나 대신 그 집에 가서 물어보면 안 될까?"

"로냐, 난 오늘 첫 시간부터 체육이야. 그리고 그 전에는 가게에 가서 일을 해야 돼. 조금만 늦어도 체육 과목 점수를 못 받을 수도 있어. 미안해. 네가 직접 물어봐야 할 것 같아."

나는 옷을 입었다. 아주 빨리, 어둠 속에서. 루치아 의상을 들고 거실로 나갔더니 아버지가 소파에서 자고 있었다. 퀴퀴한 냄새가 코를 찔렀다. 나는 복도로 나가 아론센 씨네 현관문을 두드렸다. 문이 열렸다. 아론센 씨는 키가 몇 킬로미터는 족히 된다고 느낄 만큼 컸다. 얼굴을 올려다보느라 목이 아플 정도였다. 그는 한 손에 커피잔을 들고 있었다.

"실례합니다. 혹시 제 루치아 의상을 다림질해 주실 수 있나요?"

"다림질? 지금?"

"네."

"지금 시간이 몇 신줄 아니? 새벽 여섯 시야."

"네, 알아요. 하지만 오늘이 바로 성 루치아 축일인걸요."

나는 루치아 의상을 번쩍 들어 그에게 보여주었다. 한기로 몸이 얼어붙을 것 같았다. 복도는 춥고 환하며 조용했다. 잘 빗은 아론센 씨의 머리는 단정했다. 보아하니 일어난 지 꽤 된 것 같았다.

"아저씨가 봐도 다림질을 해야 할 것 같죠?"

그가 루치아 의상을 받아 들었다.
"그렇구나. 다림질이 필요하겠어. 잠깐 들어오렴."

그의 집 현관으로 들어가는 순간, 비상계단을 달려 내려가는 멜리사 언니의 발소리가 들렸다. 고개를 들어 아론센 씨 얼굴을 봤다. '일반 계단을 이용하세요!'라는 메모를 비상문 앞에 붙여놓았던 사람은 아론센 씨였다. 하지만 그는 마치 아무 소리도 듣지 못한 것처럼 무덤덤하게 문을 닫았다.

"따라와라. 주방으로 가자."

집 거실에는 바닥 전체에 카펫이 깔려 있었다. 그가 부엌으로 들어갔다.

"여기 앉으렴."

나는 그가 권하는 의자에 앉았다. 할 말이 딱히 없었다. 부엌 창에는 레이스 커튼이 걸려 있었는데, 창밖으로 가로등 불빛이 보였다. 길 건너편으로 언니가 보였다. 급히 달려가는 언니의 등에서 가방이 들썩거렸다. 아론센 씨는 벽장 문을 열고 다리미판을 꺼내 펼친 후, 다리미에 물을 채웠다. 수도꼭지가 꽃 모양이었다. 그가 다림질을 시작했다. 다리미 앞쪽의 뾰족한 부분으로 옷의 작은 레이스 하나하나까지 꼼꼼하게 다렸다.

"어떤 일을 할 때는 그게 무엇이든 간에 제대로 해야 해." 아론센 씨가 말했다.

나는 고개를 끄덕였다.

"다림질도 마찬가지란다."

나는 다시 고개를 끄덕였다. 어디선가 달콤한 냄새가 나기 시작했다.

"여덟 시 반까지 학교에 가야 하지?" 그가 물었다.

"네. 먼저 리허설을 하고 오후에 공연이 있어요."

"그게 언제지?"

"오후 네 시예요. 원하시면 오셔도 돼요."

"그래, 고맙구나."

그가 루치아 의상을 뒤집어서 들어 올렸다.

"아침은 먹었니?"

"네."

루치아 의상 뒤에 서 있었기에, 그의 얼굴은 보이지 않았다.

"……그런데 먹은 지 꽤 오래되었어요."

"그렇다면 지금 빵 한 조각쯤 먹는 것도 나쁘지 않겠구나. 저기 찬장 안에 필요한 게 다 있을 테니 알아서 찾아 먹으렴."

그날 아침은 꽤 이상했다. 나는 반짝반짝 광이 나는 회색 식탁에 앉아 쿠민 치즈와 베이컨, 소시지를 빵에 얹어 먹었다. 그는 내게 마음껏 먹으라고 했다. 조리대 위에는 이미 썰어놓은 통밀빵이 있었다. 내가 제일 좋아하는 빵이었다. 그는 느릿느릿 루치아 의상의 소매와 옷깃을 비롯해 구석구석을 정성스레 다렸다. 창밖을 보니 하늘이 어느새 분홍색으로 물들어 있었다. 나는 빵을 계속 먹었다. 누가 마음껏 먹으라고 한다면 마음껏 먹어주는 게 예의다. 나는 문 위에 걸린 시계를 흘끔 바라보았다. 초침이 똑딱똑딱 움직이고 있었다.

"시간 걱정은 안 해도 된다. 난 아주 정확한 사람이니까." 아론센 씨가 말했다.

나는 창밖으로 눈을 돌렸다.

"그런데 너희 학교는 루치아 축일에 뭘 하니?" 아론센 씨가 물었다.

나는 갑자기 수다스러워졌다. 아무래도 베이컨과 소시지 때문인 것 같았다. 나는 루치아 축일에는 학교에서 루세카트 빵을 공짜로 먹을 수 있다고 했다. 무세는 그 빵을 '무세카트'라고 부른다는 이야기도 했다. 학교 수위 아저씨는 이날을 위해 특별히 스포트라이트 조명을 준비했으며, 우리가 〈오 거룩한 밤〉 노래를 부를 때 한 명 한 명의 머리 위에 차례로 조명을 비출 거라는 말도 빼놓지 않았다.

"그 노래는 제가 가장 좋아하는 노래예요."

"고전이지." 아론센 씨가 말했다.

내가 집을 나서려 하자, 그가 옷걸이 하나를 건네줬다.

"가방에 구겨 넣을 옷이라면 처음부터 다림질을 하지 않았을 거야."

내가 집에 들어가 책가방을 가져오는 동안 그는 루치아 의상을 들고서 복도에 서 있었다. 내가 현관문을 잠그자 아론센 씨는 내게 옷걸이에 건 옷을 건네주었다. 나는 그게 마치 깃발이나 방패라도 되는 양 두 손으로 든 채 복도를 걸어갔다. 옷은 하얗게 빛이 났다. 옷을 든 손을 높이 치켜들었다. 학교에 도착한 나는 리허설이 시작되기 전에 체육관 탈의실에서 옷을 갈아입었다. 다림질한 옷에서 온기가 느껴졌다.

 오후가 되었다. 하지만 세상은 지금까지와 다를 게 하나 없었다. 인도와 정글짐, 그리고 진저브레드 쿠키를 상자에 담아 가져오는 학부모들이 있을 뿐. 티셔츠를 루치아 의상으로 바꿔 입어도 변함없었다. 선생님들이 우리 사이를 돌아다니며 머리에 반짝이 띠를 둘러주고 "참 예쁘다"라고 말해줘도 도움이 되지 않았다. 희망이라는 이름을 지닌 것은 항상 모든 걸 파괴한다. 하지만 나는 도저히 그 멍청한 희망을 떨쳐낼 수가 없었다. 스텔라는 허리에 빨간 리본을 두르고 있었다. 나는 무대 커튼 뒤에 서서 청중석에서 들려오는 학부모들의 말소리, 아기들이 우는 소리, 사람들이 의자를 옮기는 소리를 들었다. 스텔라는 내게 바짝 다가와 귓속말을 했다. "쌍둥이 동생들 소리가 여기까지 들려. 지금 이 소리는 걔들이 우는 소리야."

수위 아저씨가 끈을 잡아당기자 무대의 막이 위로 스르르 올라갔다. 나는 무대에 서서 앞을 뚫어지게 바라보았다. 얼굴과 얼굴들. 아버지의 얼굴은 보이지 않았다. 나는 이제 알 수 있었다. 정말 확실하게. 그럼에도 희망의 끈을 놓지 않았다. 그 간당간당한 줄을 어떻게든 놓치지 않으려 애썼다. 때로 사람들은 약속에 늦는다. 갑자기 잠에서 깨어 냉장고에 붙어 있는 메모를 보고 허둥지둥 학교로 달려올 수도 있고, 청중석에 앉아 있지만 마침 지금 몸을 숙여 신발 끈을 묶고 있을 수도 있다. 그래서 나는 계속 앞을 바라봤다. 무대를 향해 흔드는 손과 카메라의 플래시. 마침내, 마침내. 수위 아저씨가 스포트라이트를 무대 쪽으로 돌렸다. 그 후로는 어떤 것도 보이지 않았다.

"고요한 밤." 우리는 노래를 불렀다. "거룩한 밤." 나도 노래를 불렀다. 하지만 목이 따끔따끔 아팠다. "어둠에 묻힌 밤." 나는 노래를 불렀다. "천군 천사 나타나 기뻐 노래 불렀네……."

"이제 많이 기대하고 계신 가장 아름다운 캐럴 〈오 거룩한 밤〉을 들어보시겠습니다." 음악 선생님이 우리 앞으로 나와 말했다. 무대 커튼 옆에 서 있던 수위 아저씨는 가슴에 손을 얹고 내게 윙크를 했다. 그는 아무것도 모른다. 일자리를 잃은 사람에게는 아무리 아름다운 노래라도 들리지 않는다. 나는 아버지를 떠올렸다. 아버지는 항상 세상이 망가졌다고 말하지만 나는 그 말에 동의하지 않는다. 나는 이 노래가 진실을 이야기한다고 생각하니까. 언젠가 우리 가족이 길을 잘못 들어 목적지에서 멀리 떨어진 섬에 도착한 적이 있다. 그곳에는 노루귀꽃이 한가득 피어 있었다. 베베렌 캠핑장에 머무를 때 석양에 붉게 물든 바다를 보았던 기억도 났다. 눈을 깜박일 때마다 숲속의 오두막도 스쳐 보였다. 나는 그 모든 것을 기억한다. 멜리사 언니는 내가 환상 속에 산다고 말하지만, 그것들이 실제로 존재한다면 환상이라고 할 수 없다. 그리고 그런 일은 얼마든지 실제로 일어날 수 있다. 여름 내내 솔투네트 재활원에서 지내며 건강을 되찾았던 아버지는 빵집에서 일을 했다. 그리고 그해 가을, 우리는 부자가 되었다. 겨울이 오자 우리는 버스를 타고 아주 먼 곳으로 갔다. 시내에서 멀리 떨어진 그 깊고 깊은 숲에는 아버지가 빌린 오두막이 한 채 있었다. 울 스웨터를 입은 아버지는 우리가 오두막에 들어갈 수 있도록 산처럼 쌓여 있는 눈 더미를 삽으로 펐다. 아침이 오고 아버지가 오두막 문을 열면 하얗게 반짝이는 세상이 펼쳐졌다. 아버지는 외쳤다. "안녕, 작은 박새! 안녕, 하얀 눈송이! 안녕, 푸른 하늘!" 나는 작은 박새가 참 예쁘다고 생각했다. 도시와 잔디밭도 예쁘다고 생각했다. 아론센 씨가 아파트 앞에 있는 잔디밭의 잡초 뽑기를 깜빡할 때면 삼각형 모양의 그 잔디밭은 무성해진 민들레로 샛노랗게 물들었다. 나는 그것도 예쁘다고 생각했다. 하지만 지금 그런 것들을 노래하는 일은 그다지 내키지 않았다. 게다가 조명까지 비춘다면 더 끔찍할 것이다. 조명은 무대 위의 아이들을 차례차례 한 명씩 비추었다. 청중석에 있던 사람들은 서로의 귀에 대고 무언가를 속삭이기도 하고 아이들의 이름을 부르기도 했다. 그들은 너무나 큰 목소리로 속삭였다. 조명이 메론을 비추자 그 애 어머니 목소리가 들렸다. 조명은 무세와 스텔라를 차례차례 비추었다. 그리고 조명 불빛이 내게 다가왔다.

냉장고 메모를 본 사람은 아무도 없었다. 술 마시는 일을 멈춘 사람도 없었다. 신발 끈을 묶는 데는 그다지 오랜 시간이 걸리지 않는다. 청중석에서는 로냐라는 이름을 속삭이는 사람도, 산적의 딸이라고 소리치는 사람도 없었다. 카메라의 플래시도 보이지 않았다. 나를 내리비추는 무대 조명 때문에 눈이 멀 것 같았다. 시간이 너무나 느리게 흘렀다. 천년은 훌쩍 넘어갈 것 같은 그 시간 동안 나는 온갖 기억들한테 내 몸을 맡겼다. 여름날 물속에서 내게 미소 짓던 아버지, 바위 위에 엎드려 있을 때 풀잎으로 내 등을 간질였던 아버지, 숲속 오두막의 문을 걸쇠로 잠그며 저녁에는 아무도 밖으로 나가지 말라고 말했던 아버지. 그리고 마침내, 마침내! 내 얼굴을 비추던 무대 조명이 사라졌다. 그와 동시에 합창이 시작되었다. 수위 아저씨는 조명을 청중석으로 돌렸다. 청중석을 보지 않을 수 없었다. 보기 싫었지만 내 눈과 마음은 객석을 향하고 있었다. 어쩔 도리가 없었다. 다시 스쳐 가는 얼굴과 얼굴들. 단 한 명의 얼굴도 빼놓지 않고 모두 봤다. 카메라를 들어 올리는 누군가의 아버지, 뺨에 흐르는 눈물을 닦는 누군가의 어머니, 넥타이를 매고 허리를 꼿꼿하게 편 채 앉아 있는 한 나이 많은 남자. 그는 조명이 객석을 비추자 눈을 지그시 감았다. 그는 눈물을 흘리지 않았다. 손을 흔들지도 않았다. 미소도 짓지 않았다. 그는 바로 아론센 씨였다.

조명이 다시 무대 위를 비추었다. 노래의 마지막 부분이 시작되었다. 내 마음은 깃털처럼 가벼워졌다. "경배하라 천사의 기쁜 소리." 목청껏 노래를 불렀다. 이젠 목이 더 이상 따끔거리지 않았다. "오 거룩한 밤 거룩 거룩한 밤." 온 힘을 다해 노래했다. 스텔라가 나를 쏘아봤지만 개의치 않았다. 노래가 끝났다. 우렁찬 박수 소리가 뒤를 이었다. 나는 손을 흔들었다. 아론센 씨가 나를 바라보며 고개를 끄덕였다. 나는 다른 손도 올려 두 손을 힘차게 흔들었다. 그러자 그가 다시 내게 고개를 끄덕여 주었다.

"도대체 누구한테 인사하는 거야?" 스텔라가 물었다.

"아론센 씨."

"그게 누군데?"

"우리 할아버지야."

"넌 할아버지를 이름으로 불러?"
"응. 우리 가족들은 자주 그래."

나는 무대에서 내려갔다. 커피 향이 코를 간질였다. 모든 사람은 어디론가 갈 곳이 있다. 내게도 갈 곳이 있었다. 발을 옮기자 루치아 의상이 찰랑거렸다. 아론센 씨는 객석 옆 통로에 서 있었다. 그는 높다란 탑처럼 키가 커서 어디에 있든 눈에 잘 띄었다.

"잘해냈어." 그가 말했다.

"고맙습니다."

"노래에 우리는 살면서 서로를 사랑하는 법을 배운다는 내용이 있지. 그건 변하지 않는 진실이란다."

주위로 꼬마들이 몰려왔다. 의자 다리가 바닥을 긁는 소리, 사람들이 대화를 나누는 소리로 공간이 가득 찼다. 우리는 그 자리에 계속 서 있었다. 그는 더 이상 아무 말도 하지 않았다. 고개를 높이 쳐들고 그의 얼굴을 쳐다보고 있으니 왠지 민망해졌다. 나는 슬쩍 시선을 내려 그의 배를 봤다.

"넥타이의 별무늬가 참 예쁘네요." 내가 말했다.

"그래? 고맙구나."

"크리스마스 넥타이인가요?"

"안녕!"

뒤돌아보니 손에 루세카트 빵을 든 스텔라가 서 있었다. 그 뒤에는 스텔라의 친구들이 한 무리 떼를 짓고 있었다. 그들은 어디를 가든 항상 몰려다녀서 따로 찾아 헤맬 필요도 없었다.

"방해했다면 미안해." 스텔라가 아론센 씨를 향해 말을 이었다. "그런데 아저씨가 로냐네 할아버지라는 게 진짜예요?"

아론센 씨는 나를 내려다보았다. 그가 입을 열었다. 나는 눈을 감았다. 당장 내일부터 학교에서 겪어야 할 일들을 떠올렸다. 나는 스텔라네 집에 가본 적이 한 번 있다. 나는 그 애가 가지고 있는 모든 것을 잘 안다. 목조 주택. 두 개의 베란다와 고양이 세 마리. 그 애의 이름에 '별'이라는 의미가 있다는 것도 안다. 왜냐하면 자기가 시도 때도 없이 그렇게 말하고 다니니까. 스텔라는 거의 매일 친구들을 집으로 데려간다. 스텔라 어머니는 매일 정확히 오후 두 시가 되면 딸을 데리러 학교에 온다. 스텔라의 쌍둥이 동생들은 유아차 속에 폭신한 토끼 인형과 함께 누워 있고, 지나가는 사람들은 하나같이 유아차 속의 쌍둥이들을 보고 싶어 한다. 그런데 그 모든 것을 가지고 있는데도 스텔라는 왜 내게 할아버지가 있다는 사실을 못마땅해하는 걸까? 나는 왜 거짓말을 했을까? 나는 숨을 크게 들이쉬며 속으로 되뇌었다. 제발, 제발, 제발…… 속눈썹 사이로 아론센 씨가 보였다. 그는 내게서 눈을 거두고 넥타이의 매무새를 다듬으며 대답했다. "그건 왜 묻니?"

"왜냐하면 로냐가 그렇게 말했거든요. 그런데 이상하지 않아요? 우리는 지금껏 로냐한테 할아버지가 있다는 얘기를 들은 적이 단 한 번도 없거든요." 스텔라가 말했다.

"그랬구나. 이제 진실을 알고 싶니?"

"물론이죠." 스텔라가 미소를 지으며 대답했다.

"로냐가 네게 모든 것을 말하지 않았다면 그럴 만한 이유가 있지 않을까?"

"네?"

"어쩌면 내 손녀는 다른 친구들과 이야기하는 걸 더

좋아할지도 모르겠구나."

스텔라 입이 쩍 벌어졌다. 그 순간, 나는 내가 아론센 씨를 정말로 좋아한다는 사실을 깨달았다. 그의 셔츠와 넥타이는 물론 커다란 키도 좋다. 그가 우리 집 현관문을 두드리던 순간과 그가 우리 집 문에 붙여놓았던 온갖 메모조차 좋다. 나는 아론센 씨가 학교 교장 선생님, 아니 신이라면 좋겠다고 생각했다. 아파트 주민 회장이 되어도 좋겠다.

"더 물어볼 건 없니? 그러면 우린 이제 가볼게." 아론센 씨가 말했다.

스텔라는 여전히 입을 벌린 채 그 자리에 가만히 서 있었다. 루세카트 빵을 든 손이 밑으로 축 늘어졌다.

"이제 가볼까요?" 내가 아론센 씨에게 물었다.

그가 고개를 끄덕였다.

"우리 손녀가 그러자면 그렇게 해야지. 마침 나도 커피 생각이 간절했는데 잘됐어."

우리는 함께 자리를 떠났다. 거기서는 더 할 일도 없었다. 우리는 커피 테이블 쪽으로 걷기 시작했다. 온 세상이 커피 향으로 가득 차 있었다. 사람들 무리 속을 걷던 아론센 씨가 갑자기 발을 멈추었다.

"잠시만."

그가 한 손을 내 머리 위에 올리더니 머리를 톡톡 두드렸다.

"이제 좀 낫구나. 반짝이 띠가 비뚤어져서 바로잡았어."

❄

행복한 날들은 그렇게 시작되었다. 에릭센 씨는 형이 하는 일을 도와줘야 한다며 어제 모스라는 동네로 떠났다고 했다. 약 일주일 정도 그곳에 머무를 예정이었다. 토미는 언니한테 전화해서 나를 다시 데려와도 된다고 했다. 나는 이제 막사에서 언 몸을 녹일 수도 있고 숙제를 할 수도 있었다. 토미는 내게 말했다. "난 아버지들의 마음이 어떤지 잘 알아. 너는 이제 리스랑 곡물 다발을 얼마든지 원하는 만큼 팔아도 돼." 판매장 모퉁이에는 곡물 다발이 걸려 있었다. 환한 불빛이 가게를 비추었다. 전나무에는 서리가 맺혔다. 행복한 날들이 시작되었다. 나는 길에서 곡물 다발과 리스, 가난한 아이들에 대해 소리쳤고, 몸이 추워지면 막사 안으로 들어가 캠핑 테이블에 교과서를 올려놓고 숙제를 했다. 나는 그 캠핑 테이블이 너무너무 좋았다. 내가 해야 할 숙제는 로마의 황제들에 관한 내용이었다. 칼리굴라*와 네로, 그리고 한 명 더 있었는데 사람들은 모두 이들을 미워했다. 나는 사람들이 사람들을 미워하는 이야기를 좋아한다. 라디오에서 '구드룬'이라는 이름의 폭풍이 오고 있다는 소식이 들려왔다. 폭풍은 북쪽 어딘가에서 점점 더 가까워지고 있었다. 나는 폭풍을 좋아한다. 글뢰그와 돈도 좋아하고, 오후의 휴식 시간도 좋아한다. 토미는 도넛을 사러 나갔다. 우리는 막사에 앉아 그가 사 온 도넛을 함께 먹었다. 따뜻한 도넛은 기름기로 반짝거렸다.

"내 아내가 임신했을 때 이야기를 해줄까?" 토미가 말했다.

"그런 이야기는 안 하는 게 좋지 않을까요?" 언니가

---

* Caligula. 로마의 제3대 황제 가이우스 율리우스 카이사르 게르마니쿠스의 별명이다.

말했다.

"아니, 네가 생각하는 그런 이야기가 아니란다. 한번 들어봐."

"너희들, 알프레드가 누군지 아니?" 토미가 말했다. 그는 캠핑 의자를 뒤로 젖히고 머리를 벽에 기댔다.

"네, 잘 알아요." 내가 말했다.

"어, 그래?" 토미가 놀란 듯 되물었다.

"아니, 어떤 면에서 보자면 그렇다는 말이에요." 나는 얼른 덧붙였다.

언니는 테이블 위에 100크로네짜리 지폐를 부채 모양으로 늘어놓았다.

"어쨌든 좋아. 그는 꽤 이상한 사람이야. 지난 6월쯤이었지. 우리는 에네바크에 있는 어느 숲에서 일을 하고 있었어. 하루는 나무둥치에 기대어 잠시 쉬고 있는데 그가 내게 다가와 축하한다고 말하더군. 곧 아빠가 될 거라고 하면서. 하지만 당시 나는 아이 계획은 전혀 없었기 때문에 지금 무슨 말을 하냐고 물었지. 그는 아무 대답도 하지 않았어. 그냥 다시 보호용 귀마개를 끼고 톱질을 하더군. 그런데 그 후에 무슨 일이 있었게? 그날 퇴근해서 집에 가니, 아내가 임신 소식을 알려주더라고."

"정말이에요?" 내가 놀라 되물었다.

"맞아, 아내가 아이를 가진 거야." 토미는 의자를 당겨 앉으며 말을 이었다.

"그 왜, 작대기처럼 생긴 테스트기 있잖아. 거기에 오줌을 눠서 확인했다고 했어."

"너무 과한 정보군요. 알 필요도 없는……." 언니가 말했다.

"그런데 알프레드 씨는 그걸 어떻게 알았을까요?" 내가 물었다.

토미는 어깨를 으쓱였다.

"글쎄, 그건 나도 모르겠어. 어쨌든 아내가 임신했다는 사실을 처음 내게 알려준 사람은 바로 알프레드였어. 그는 그런 사람이야. 초자연적인 사람 같아."

"지금 그가 대천사 가브리엘 같은 사람이라는 건가요?" 언니가 말을 이었다. "그 사람이 뜬금없이 와서 가브리엘 천사처럼 '토미, 다비드의 아들, 너는 이제 한 아이의 아버지가 될지어다'라고 말했다는 거죠?"

토미는 말없이 미소를 지으며 언니의 머리를 쓰다듬었다. 언니는 몸을 비틀어 빼내면서 그의 손가락이 기름투성이라고 쏘아붙였다. 토미는 언니의 뺨을 꼬집으며 말했다. "멜리사, 넌 스스로가 굉장히 똑똑하다고 생각하는 것 같구나. 하지만 이 세상은 크리스마스 리스와 커미션이 전부가 아니란다. 훨씬 더 많은 것들이 있지."

그 순간, 문밖의 전나무 가지 사이로 아론센 씨가 보였다.

나는 들고 있던 도넛을 테이블에 내팽개치고 얼른 밖으로 달려 나갔다. 하지만 얼음 위에서 미끄러지는 바람에 아론센 씨 앞에서 넘어져 버렸다. 하얀 입김이 새어 나왔다.

"안녕하세요, 아론센 씨!" 나는 크게 소리쳤다. "가문비나무를 사실 건가요, 아니면 일반 전나무를 사실 건가요?"

"오, 여기서 너를 보다니! 어쩐 일이니?" 그가 말했다.

"아, 네. 저는 여기서 일해요. 그런데 크리스마스트리를 사러 오셨나요?"

"음, 사실 크리스마스트리보다는 리스에 더 관심이 가는구나."

"아, 그렇군요."

그제야 나는 내가 그곳에서 물건을 파는 사람이라는 사실을 깨달았다.

"제가 좋은 걸 추천해 드릴까요?"

나는 그의 팔꿈치를 잡고 진열대 쪽으로 이끌었다. 아론센 씨는 고개를 끄덕이며 고맙다고 말했다. 나는 리스를 살펴보는 그에게 카탈로그를 가져와 가격을 보여주었다. 그를 속이려는 의도가 없다는 걸 알려주고 싶었다.

"보시다시피 이건 이끼 장미로 만든 리스고, 저기 있는 건 매우 고전적인 스타일의 녹색 리스랍니다."

아론센 씨는 내가 추천한 리스 두 개를 집어 들었다. 하나는 자신을 위한 것이고, 다른 하나는 여동생에게 줄 것이라고 말했다. 그리고 그는 헛기침을 하며 목을 가다듬었다.

"그리고 묘비용 리스도 하나 필요한데……."

"누가 죽었나요?"

"많이들 죽었지. 하지만 그중에서도 이건 내 아내를 위한 거란다."

"……아, 네."

"그래, 그렇단다."

하지만 그는 허리가 많이 아팠다. 나이가 들면 허리가 아프기 마련이다. 양손에 리스를 들고 겨드랑이에는 묘비용 리스까지 낀 채 걷는 모습이 몹시 불안정해 보였다. 그는 균형을 잡지 못했다.

"잠깐만요!" 내가 급히 소리쳤다. "너무 위험해 보여요!"

나는 얼른 막사로 가서 자갈을 담아둔 양동이를 가져왔다.

"어느 방향으로 가세요?" 내가 물었다.

"저쪽으로 갈 거야."

나는 양동이에서 자갈을 꺼내 그의 발 앞에 뿌렸다. 나는 발을 옮길 때마다 고개를 들고 아론센 씨를 바라보며 미소를 지었다. 그도 발을 옮길 때마다 내게 미소를 지었다. 그렇게 우리는 함께 앞으로 나아갔다. 나는 그에게 조심하라고 말했다. 자갈이 바닥에 떨어지며 기분 좋은 소리가 났다. 나는 걱정할 건 아무것도 없다고 하면서 인도에 도착할 때까지 자갈을 계속 그의 발 앞에 뿌렸다. 그는 내게 고개를 끄덕이며 정말 고맙다고 감사 인사를 건넸다.

❅

행복한 날들은 계속되었다. 내가 막사로 되돌아왔을 때 토미는 통화 중이었다. 스피커폰 너머로 에릭센 씨가 무슨 말을 하고 있는지 다 들렸다. 에릭센 씨는 지금 있는 곳에 문제가 생겼다고 했다. 주문했던 가문비나무가 도착하지 않아서 외스트폴 전 지역을 돌아다니며 나무를 구해야 한다고 했다.

"아마 여기에 며칠 더 있어야 할 것 같아." 에릭센 씨가 말했다.

"아이고, 이를 어째…… 많이 힘드시겠어요!"

토미는 짐짓 위로하는 척 말하며 나와 하이 파이브를

했다. 전화를 끊은 그는 꽤 오랫동안 구상하던 일을 이제 시작할 수 있을 것 같다고, 환하게 웃으며 소리쳤다.

"배달 서비스!"

❆

"크리스마스트리를 집으로 배달해 드립니다! 집에서 크리스마스트리를 편히 받아보세요. 크리스마스 할인입니다!" 나는 길에 서서 크게 소리쳤다.

언니는 내게 외투를 입으라고 말했지만, 그럴 필요가 없었다. 후드티만 입어도 땀이 흐를 정도로 더웠다. 숨을 내쉴 때마다 입에선 하얀 입김이 새어 나왔고 심장은 세차게 뛰었다. 토미가 한 말은 사실이었다. 그는 요즘 사람들이 택배를 사랑한다고 말했다. 사람들은 허약한 데다가 겉멋만 들어 나무를 직접 집으로 옮기기는 커녕 차에 싣는 일조차도 싫어한다. 그리고 우리는 멍청이가 아니다. 나는 머리를 비스듬히 기울이며 미소를 지었고, 멜리사 언니는 나무를 사러 오는 사람들에게 이렇게 말했다. "오늘 트리를 사면 택배 서비스를 이용

하실 수 있답니다. 필요하신가요?" 토미는 자기 차에 나무를 싣고 배달하러 다녔다. 우리는 그렇게 해서 돈을 많이 벌 수 있었고, 장도 넉넉히 볼 수 있었다. 학교의 다람쥐도 기분이 좋은 것 같았다. 내가 도시락에 초콜릿 쿠키를 싸 와서 다람쥐에게도 나눠 줬으니까. 다람쥐는 내 발 주위를 뛰어다녔다. 나는 다람쥐가 웃고 있다고 생각했다.

언니도 기분이 좋았다. 기분이 좋은 걸 인정하기 싫어했지만 나는 언니의 속마음을 꿰뚫어 볼 수 있었다. 저녁이 되자 언니는 부엌에 서서 치즈를 잘게 썰며 불평했다. "허리도 아프고 손 마디마디가 쑤셔. 아파 죽겠어. 세상에, 심지어는 속옷에도 전나무 잎이 꽂혀 있더라니까." 하지만 언니는 곧 밝은 얼굴로 식탁에 앉아 내 우유에 초콜릿 가루를 타 줬다. "그런데 말야, 난 사람들을 속이는 걸 좋아하는 것 같아. 항상 그랬어." 게다가 언니는 자기 전에 거의 30분 동안이나 샤워를 하며 이렇게 말하기도 했다. "중앙난방, 이건 신이 인류에게 준 선물이야."

❄

"오늘도 여기 있니?" 수위 아저씨가 말했다.

방학을 앞둔 마지막 날이었다. 나는 교문 앞에 서서 돈에 대해 생각하고 있었다. 언니한테 줄 크리스마스 선물로 무엇이 좋을까. 따뜻한 보온 장갑을 비롯해 온갖 것들이 내 머리를 어지럽게 떠다니고 있었지만, 여느 때와 마찬가지로 나는 그 자리에 조용히 서 있었다. 그리고 대답했다. "네."

"이게 금지된 일이라는 건 너도 잘 알지?"

"규칙은 어기기 위해 존재하는 거예요."

그는 담배에 불을 붙였다. 우리는 모든 금지된 것들과 그렇지 않은 것들을 이야기했다. 그리고 침묵이 흘렀다.

날은 어두컴컴했다. 거리는 쥐 죽은 듯이 고요했다. 폭풍이 오기 직전이었다. 담뱃불은 그 이상한 어둠 속에서 빨갛게 빛을 발했다. 우리는 뵈레크를 먹었다. 다람쥐가 다가와 내 발치에 머물렀다.

"로냐, 곧 방학이구나."

나는 고개를 끄덕였다.

"방학 때 뭘 할 거니?"

"일을 좀 할 것 같아요."

"그렇구나. 그런데 알프레드는 만나봤니?"

나는 고개를 저었다. 수위 아저씨는 고개를 돌리더니 아주 오랫동안 기침을 했다. 그가 다시 나를 마주 봤을 때, 그의 눈은 빨갛게 충혈되고 촉촉하게 젖어 있었다. 무슨 말을 해야 할지 나는 알 수 없었다.

"오늘은 다람쥐 기분이 좋은가 봐요."

수업 종이 울렸다. 수위 아저씨는 내 머리 위에 손을 얹고 마치 문에 노크를 하듯 툭툭 두드렸다.

"안녕, 잘 지내. 로냐."

"네? 갑자기 왜 그런 말씀을 하세요?"

"왜냐고? 그건 내가 발칸반도에서 가장 우울한 사람이기 때문이지."

크리스마스이브가 이틀 앞으로 다가왔다. 아침에 눈을 뜨니 언니는 이미 집을 나서고 없었다. 아버지는 소파에 앉아 고개를 절레절레 젓고 있었다. 나는 그런 모습에 이미 면역이 되었기 때문에 아무렇지도 않았다. 나는 "다녀올게요"라고 말하며 아버지 앞을 지나쳤다. 그 앞을 지나갈 때면 입으로만 숨을 쉬었다. 현관에서 신발을 신고 복도로 나간 후에야 코로 제대로 숨 쉴 수 있었다. 복도는 베이컨 냄새로 가득했다. 떠오르는 생각은 단 하나뿐이었다. 나는 종종걸음으로 어떤 문 앞에 다가선 다음 노크를 했다.

현관문을 연 아론센 씨가 고개를 숙여 나를 내려다보았다.

"안녕, 좋은 아침!" 그가 인사를 건넸다.

"안녕하세요. 여기서 베이컨 냄새가 나네요."

"그래?"

"혹시 냄비를 올려두었다는 걸 잊으신 건 아닌가 싶어서요."

"냄비를 올려두고서 잊었다고?"

"아니면 프라이팬일 수도 있겠죠. 어쨌거나 저는 불이 난 집에 아저씨가 갇혀 있는 걸 원하지 않아요."

"아, 그렇구나."

"나이 많은 사람들은 자주 뭘 잊어버리잖아요. 그런

사람들 집에는 자주 불이 나요."

"맞는 말이야."

우리는 잠시 아무 말도 하지 않고 가만히 서 있었다. 그는 하얀 셔츠를 입고 있었다. 단춧구멍 주위도 주름 하나 없이 매끈했다.

"다림질을 참 잘하셨네요."

"응, 고마워."

"그런데 베이컨을 구우셨나요?"

"그렇단다. 몇 조각 더 구울까?"

❄

어쨌든, 모든 것이 그렇게 흘러갔다. 일반적으로 이 야기는 이쯤에서 모두 행복하게 잘 살았다는 말로 끝날 것이다. 그러면 사람들은 행복하고 따뜻하며 배부른 삶을 살게 된다. 하지만 막상 그런 삶을 살다 보면 무기력해지기 일쑤다. 물론 동화 속에서는 그렇지 않다. 하지만 현실은 동화와는 거리가 멀다. 우리는 크리스마스트리를 배달해서 많은 돈을 벌었다. 토미는 아내가 아이를 낳은 뒤 몸이 다시 날씬해지면 입을 수 있는 빨간색 드레스를 살 거라고, 크리스마스이브에 입으면 안성맞춤일 거라며 즐거워했다. 나는 배부르고 따뜻한 부자가 된 기분으로 막사 앞 계단에 앉아 모든 것을 바라보고 있었다. 어느덧 저녁이 되었다. 자동차 불빛들이 반짝였다. 언니는 포장 기계에 나무를 집어넣었고, 토미는 고개를 끄덕이며 "올해도 어김없이 크리스마스가 찾아오는구나"라고 말하면서 미소를 지었다. 나는 그가 나무를 차에 싣기 위해 트렁크를 열 때마다 공책에 줄을 하나씩 그었다. 얼마간 시간이 지나자 발가락이 시려왔다. 나는 막사 안으로 들어가 크리스마스 쿠키를 먹었다. 테이블 위에는 숙제를 하려고 펼쳐둔 교과서가 그대로 있었다. 나는 교과서 속 칼리굴라 얼굴에 콧수염을 그린 후, 공책을 펴고 거기 적힌 숫자들을 보았다. 한쪽에는 배달을 해서 번 금액이, 다른 한쪽에는 리스를 팔아서 번 금액이 적혀 있었다. 나는 숫자 주위에 하트를 그렸다. 그때, 막사 문이 열렸다.

"내 이럴 줄 알았어!" 에릭센 씨가 말했다.

그는 모스에 있었다. 하지만 더는 아니었다. 에릭센 씨는 지금 가게에 도착해서 막사 문 앞에 서 있었다.

어쩌면 그는 모스에 가지 않았을지도 모른다. 아니, 어쩌면 누군가가 그에게 전화해서 "에릭센 그란 가게에서 택배 서비스를 시작했다고 들었어요"라는 말을 했을지도 모른다. 그게 아니라면, 그가 동네에 스파이를 심어놨을지도 모른다. 스파이는 멜리사 언니에게 가서 전나무를 사려 한다고 말하면서 곁눈질로 열려 있던 차 트렁크 안에 배달할 나무가 있는 것을 확인했거나, 누군가가 "택배를 원하신다고 했죠? 토미! 오늘 배달이 가능한가요?"라고 소리치는 언니의 목소리를 들었을지도 모른다. 에릭센 씨는 그 상황을 전해 듣고 당장 차를 몰아 서둘러 이곳으로 돌아왔을 것이다. 그리고 자신의 오픈카를 눈에 띄지 않는 어딘가에 주차한 뒤에 여우처럼 살금살금 걸어 판매장까지 왔을 것이다. 그렇게 해서 지금 막사 문 앞에 서 있는 것이다. 갑자기 그가 몸을 돌려 문밖으로 머리를 쑥 내밀었다.

"맙소사, 토미! 멜리사!"

나는 테이블만 뚫어지게 내려다보았다. 그들의 발소

리가 가까워졌다. 에릭센 씨가 등 뒤로 문을 닫았다. 막사 안이 비좁아졌다.

"이게 어떻게 된 거지? 설명해 봐." 에릭센 씨가 말했다.

"저는 그냥 숙제만 하고 있었을 뿐이에요." 나는 교과서와 공책을 가리키며 말했다.

"숙제? 크리스마스가 이틀 앞인데도?"

"숙제가 너무 많아서요……."

"내가 지금 그 말을 믿을 거라고 생각하니?"

눈을 돌린 그가 이번엔 언니를 봤다. 언니는 입을 앙다물고 있었다. 언니의 손가락이 꼼지락거렸다. 그건 우리 할머니가 알려준 것이다. "열까지 세어보렴." 할머니는 자주 말했다. "모두들 배워야 해. 나쁘지 않을 거야. 특히 너는 더 그래."

"저 애가 '매일' 여기 앉아서 숙제를 했다는 건 말도 안 돼." 에릭센 씨가 말했다.

언니는 이번엔 아버지한테 배운 방법을 시도했다. 그건 화가 나는 사람들로부터 등을 돌리는 것이었다. "살다 보면 바보 멍청이들을 대해야 할 때가 있어." 아버지는 이렇게 말하곤 했다. "그럴 때는 피하는 게 상책이야." 하지만 피할 곳을 찾지 못한 언니는 벽에 걸린 옷들 쪽으로 뒷걸음질을 쳤다.

"매일 그러진 않았어요. 오늘 단 한 번, 예외적인 상황일 뿐이에요." 토미가 말했다.

에릭센 씨가 그를 바라보았다.

"이 아이는 오늘 좀 아파요. 진통제도 필요하고, 숙제를 할 때 도움도 받아야 했고요."

"난 지금 자네한테 말하는 게 아냐." 에릭센 씨가 소리 질렀다.

그러자 언니는 우리가 학교 수위 아저씨에게 배운 방법을 시도했다. 그건 눈을 감는 것이었다. 수위 아저씨는 "어떤 것들은 아예 볼 필요도 없단다"라고 자주 말했다. 그는 이걸 전쟁 중에 익혔다고 했다. 언니는 두 눈을 질끈 감았다. 이건 언니가 취할 수 있는 마지막 수단이었다. 언니의 몸은 바들바들 떨렸다.

"눈이 닿는 데마다 이 애가 보이니까 아주 골치 아프네." 에릭센 씨가 말했다.

언니가 눈을 번쩍 떴다. 그러더니 턱을 치켜들고 에릭센 씨 앞으로 성큼성큼 다가갔다.

"이 아이는 제 동생이에요."

"난 네 동생을 고용한 적이 없어. 게다가 이 애는 미성년자잖아."

"동생과 저는 한 몸이나 마찬가지예요. 이 아이는 제가 가는 곳이라면 어디든 갈 수 있고, 충분히 환영받을 수 있다고 생각해요."

"네가 한 가지 잊은 게 있지." 에릭센 씨가 허리춤과 벨트 사이에 엄지손가락을 끼우며 말했다. "넌 오로지 내 덕으로 여기서 일을 하고 있어. 내가 너한테 호의를 베풀었단 사실을 잊었니?"

"아, 그랬나요? 하지만 오늘 제 동생은 몸이 많이 아파요. 그래서 여기 와서 진통제가 있냐고 물었던 것뿐이에요. 숙제를 할 때 도움도 필요했어요. 뭘 좀 모르겠다고 했는데, 그게 뭐냐면……."

언니가 팔을 쭉 뻗어 내 공책을 집어 들었다.

"……네로 황제 이야기였죠. 고작 이런 일 때문에 사장님이 제게 더 호의를 베풀 생각이 없어졌다는 말씀인가요? 이제 끝인가요?"

에릭센 씨는 아무 말도 하지 않았다.

"그리고 우리 가게의 구급상자에는 진통제가 하나도 없나요?" 언니가 공책을 테이블 위에 던지듯 내려놓으며 말을 이었다. "혹시 미성년자에겐 진통제 한 알도 줄 수 없다고 말씀하시는 건 아니겠죠?"

"진통제? 지금 이 상황은 그거랑은 상관없어." 에릭센 씨가 말했다.

"물론 사장님은 그렇게 생각하시겠죠. 보아하니 어릴 때 두통에 시달려본 적이 한 번도 없으신 것 같아요. 어쨌든 지금 우리에게 삶의 전부라고 할 수 있는 건 단 하나예요. 바로 진통제요."

침묵이 흘렀다. 토미는 허리춤에 찬 돈주머니를 만지작거렸다.

"두통이 있든 없든, 일단 이곳은 병원이 아니라는 것만 알아둬." 에릭센 씨가 말했다.

"물론이죠. 하지만 오늘은 예외적인 상황인걸요." 토미가 끼어들었다.

"알았어."

토미는 계속 돈주머니를 만지작거렸다. 지퍼 손잡이가 달그락거렸다. 에릭센 씨가 숨을 깊이 들이쉬며 말했다.

"다음부터 이 아이가 단 한 번이라도 내 눈에 띄면 어디론가 전화를 할 테니 알아서들 해."

"어디로 전화를 하실 건데요?" 내가 물었다.

모두 나를 쳐다봤다.

그 말을 하지 않았어야 했다. 두통을 앓는 아이처럼 보이지 않을 게 분명했다. 에릭센 씨가 미소를 지었다.

"전화할 곳은 많아. 중요한 건 이미 누군가가 이런 일에 관심을 갖고 있다는 것이지."

하지만 누군가가 관심을 보이면 늘 최악의 상황이 뒤따라왔다. 나는 이 사실을 너무나 잘 알고 있다. 이 생각을 할 때면 나는 어느새 바닷가에 앉아 울게 된다. 내 삶에서 가장 최악이었던 어떤 여름이 떠올랐다. 아버지는 솔투네트 재활원에 있었고, 멜리사 언니랑 나는 민들레 아동보호시설에서 생활해야만 했다. 나는 그곳의 낯선 천장 때문에 잠을 잘 수가 없었고, 잔디밭에서 얼음땡 놀이도 할 수 없었다. 내내 터져 나올 것 같은 눈물을 삼키느라 애를 써야만 했다. 아버지가 너무 보고 싶어서 폐렴에라도 걸린 듯 가슴이 아팠다. 다른 아이들이 바닷가에서 게를 잡을 때면 나는 그 누구의 눈에도 띄기 싫어 멀리 떨어진 바위 위에 혼자 앉아 있곤 했다. 나를 봐주는 사람도 없었지만. 아이들은 잡은 게를 들고 소리를 지르며 환호했다. 그러나 나는 단 한 마리도 만지고 싶지 않았다. 홍합 미끼를 통째로 먹는 게를 내려다보며 나는 소리 없이 울었다. 케빈이라는 아이가 바위 위로 아슬아슬하게 건너와 내게 말을 붙일 때까지.

"안으로 들어가서 주스 마실까? 오늘 게잡이는 이쯤 했으면 됐잖아." 케빈이 내 어깨에 손을 얹으며 이렇게 말했었다.

에릭센 씨가 우리를 문밖으로 떠밀었다. 우리는 아무 말도 하지 않았다. 밖은 어두컴컴했고 공기 중에 이상한 소리가 묻어 있었다. 아마도 폭풍이 다가오는 소리일 것이다. 언니와 토미는 계속 일을 해야만 했다. 인도 옆에는 가문비나무 한 그루가 널브러져 있었다. 누가 쓰러뜨렸는지는 알 수 없었다. 에릭센 씨는 이제부터 손님이 단 한 명이라도 있는 한 퇴근은 생각도 하지 말라고 엄포를 놓았다. 그리고 이 말을 덧붙였다. "참, 하나 더. 지금부터는 내가 이곳에 없을 때 막사 문을 항상 잠가둘 거야."

토미는 막사 열쇠를 그에게 건네주었다.

❄

나는 집에 돌아와 현관문을 열었다. 가죽 재킷이 외투 걸이에 걸려 있었다. 거실로 들어가자 바닥에 누워 있는 아버지가 보였다.

"아버지."

그는 벽 옆에 누워 있었다. 정확히 크리스마스트리가 있어야 할 바로 그 자리였다. 문득 아버지를 발로 차버리고 싶은 충동이 일었다. 저 얼굴을 발로 밟고 싶다는 생각하는 동시에 후회하며 몸을 떨었다.

"왜 여기 누워 계세요?"

아버지가 눈을 떴다. 하지만 그것도 잠시, 다시 눈을 감았다. 나는 거실로 들어가며 말했다. "아버지! 왜 하필이면 쓰레기 더미 위에 누워 있냐고요?"

하지만 그는 꼼짝도 하지 않았다. 다시 몸이 떨려왔

다. 무언가 거뭇거뭇한 어둠이 내 몸으로 들어와 머리 끝까지 올라가더니 입으로 흘러나왔다.

"왜 아버지는 진공청소기 먼지 봉투를 한 번도 사지 않았나요?"

나는 조금 더 가까이 다가갔다.

"나는 청소기 이름도 몰라요. 그런 내가 어떻게 먼지 봉투를 살 수 있겠어요? 나는 그걸 어디서 사야 하는지도 모른단 말이에요!" 나는 좀 더 큰 소리로 말했다.

"그리고 이렇게 냄새가 많이 나는데 왜 문을 열어 환기를 시키지 않나요? 아버지 때문에 온 집 안에 퀴퀴한 냄새가 나잖아요!"

아버지는 꼼짝 않고 누워 있었다. 내 입에서는 온갖 말들이 개구리처럼 튀어나왔다. 내가 뱉은 말들은 너무나 이상했고 뾰족뾰족했다. 지금껏 이런 일은 한 번도 없었다.

"우리 집은 너무 지저분한 데다가 텅 비어 있어요. 장식이라곤 저 외투 걸이 하나밖에 없어요. 그리고 아버지 재킷에서는 퀴퀴한 똥 냄새가 나요. 옷에다 오줌 싼 거 아니에요? 아버지는 오줌을 어디에 눠야 하는지도 모르나요?"

나는 아버지에게 바짝 다가가 그의 팔 옆에 섰다.

"아버지! 지금 내가 아버지 머리 위에 무거운 물건을 떨어뜨릴 수도 있다는 걸 알아요?"

나는 프라이팬을 떠올렸지만 곧 베이컨 생각이 뒤따랐다. 부엌에서 베이컨과 달걀을 구우며 "얘들아, 나를 용서해 주겠니?"라고 말하는 아버지, 식탁에서 함께 카드놀이를 할 때면 항상 내게 스페이드2를 몰래 건네주던 아버지의 모습이 떠올랐다. 갑자기 눈물이 쏟아졌다. 나는 고개를 절레절레 저었다. 그제야 모든 게 이해되었다. 하지만 내가 할 수 있는 일은 아무것도 없었다. 나는 현관으로 가서 외투 걸이에 걸려 있던 아버지의 가죽 재킷을 바닥에 내동댕이쳤다. 그리고 다시 그것을 들어 품에 안고 냄새를 맡았다. 퀴퀴한 냄새 때문에 토할 것 같았다. 도움이 되지 않았다. 도움이 되는 건 아무것도 없었다. 눈물이 뺨을 타고 목으로 흘러내렸고, 이상한 울음이 새어 나왔다. 나는 재킷을 다시 걸어두고 거실로 되돌아왔다. 바닥에 쭈그려 앉아 아버지의 팔에 이마를 대고 속삭였다. "죄송해요, 아버지. 용서해 주세요." 하지만 아버지는 계속 자고 있었다. 나는 계속 울었다. 그의 팔은 내 눈물로 축축해졌다. 그의 팔에서 아버지의 냄새가 났다. 나는 울고 또 울었다. 내 목에서는 이상한 소리가 났다. 얼마 후, 나는 기진맥진한 상태로 방에 들어갔다. 잠들고 싶었다.

※

그날 밤, 나는 상태가 좋지 않았다.

온갖 생각들이 머릿속에서 빙글빙글 원을 그렸다. 처음에는 그저 평소 같은 생각들처럼 느껴졌지만, 곧 열이 나서 그렇다는 사실을 깨달았다. 나는 꼼짝도 하지 않고 가만히 누워 있었다. 뇌는 내게 갖가지 그림을 보여줬다. 노랑배박새, 게, 다람쥐. 춥고 캄캄했다. 북두칠성도 선명하게 보였다. 나는 이불을 덮고 천장을 바라보았다. 이 모든 것이 무엇을 의미할까.

"왜 그래? 어디 아파?" 멜리사 언니가 물었다.

어느새 아침이 되어 창밖이 환했다. 나를 내려다보는 언니의 머리카락이 내 얼굴 위로 흘러내렸다.

"넌 오늘 집에서 쉬어."

언니는 전나무 향기가 나는 손으로 내 이마를 짚었다.

"괜찮아."

"괜찮긴 뭐가 괜찮아? 안 돼! 오늘은 집에 있어."

나는 대답할 기운도 없었다.

"감기에 걸린 것 같아. 크게 걱정할 필요 없어. 오늘 하루 누워서 푹 쉬면 나아질 거야." 언니가 말했다.

밖은 캄캄했고, 나는 홀로 누워 있었다.

도대체 내가 왜 이럴까? 두통 때문일까? 아니, 말이 씨가 된다더니 그게 진짜일지도 모른다. 머리가 지끈지끈거렸다. 물처럼 스며든 통증이 머릿속으로 차오른다. 나는 일어나 앉은 다음 몸을 앞으로 숙여보았지만 물은 여전히 내 이마에 고여 파도처럼 출렁였다. 나는 깨달았다. 이것은 벌이다. 나는 벌을 받은 것이다. 프라이팬을 떠올려서다. '너는 부모님을 공경해야 하고, 살인하지 말고, 거짓말하지 않고, 도둑질을 하지 않아야 한다. 다른 이들은 그렇게 해도 너는 그렇게 하면 안 된다. 그런데 너! 너조차! 내 아들 브루투스여!'

※

진통제, 진통제, 진통제. 에릭센 씨의 오렌지색 구급상자 뚜껑이 열리고 또 열렸다. 상자 속에 있는 모든 것들이 깔끔하게 정리되어 있었다. 나는 손을 뻗었다. 그러자 구급상자 뚜껑이 닫혔다. 뚜껑은 열렸다가 닫히기를 반복하며 내 손에서 점점 멀어졌다. 나는 눈을 떴다.

내 이불, 내 손. 나는 그저 여기 있을 뿐. 내가 있는 곳은 바로 여기. 거실에서 사람들 목소리와 음악 소리가 들려왔다. 나는 몸을 일으켰다. 방이 울렁였다. 마치 바다처럼. 나는 가만히 서 있어야 했다. 침대를 꽉 붙잡았다. 파도가 잔잔해지자 나는 천천히 발을 내디뎌 문을 열었다.

"아니, 이게 누구야! 로냐네." 소냐가 말했다.

"아버지. 머리가 아파요."

"아이고, 이를 어쩌니." 소냐가 말했다.

누군가는 "여기 와서 소파에 좀 누워 있으렴"이라고 말했고, 또 다른 누군가는 "당신 딸이 지금 뭐라고 말하잖아요"라고 했다. "음악 소리를 좀 줄여요"라고 말하는 사람도 있었지만 그 누구도 그렇게 하지 않았다.

"아버지, 집에 두통약이 있나요?"

아버지가 미소를 지었다. 그는 윙크를 하며 소파에서 일어났지만 몸을 비틀거리더니 다시 자리에 주저앉았다. 소냐가 고개를 절레절레 저으며 말했다.

"얘야, 이리 와보렴."

그녀가 핸드백 속을 뒤지더니 작은 약통을 꺼냈다.

"이걸 먹어. 진통제야."

"아버지, 집에 주스가 있나요?"

소녀가 자리에서 일어나 내 손을 잡았다.

"작은 친구, 나를 따라오렴."

그녀가 부엌을 향해 걷기 시작했다.

나는 그녀의 친구가 아니다. 하지만 두통약이 필요했다. 소녀는 부엌 조리대 앞에 와서야 내 손을 놓아주었다. 그녀가 싱크대 앞에 서서 주스를 따랐다. 누군가가 음악을 껐다. 정적이 뒤를 이었다.

"열이 날 때는 차가운 주스가 제일이야. 게다가 맛도 좋아." 소녀가 말했다.

나는 고개를 끄덕였다. 뇌가 머리뼈에 쿵쿵 부딪혔다. 소녀가 약통에서 알약 하나를 꺼내 내게 건넸다. 나는 약을 입에 넣었다. 그녀가 주스가 담긴 컵을 앞으로 내밀었다. 거실에서 다시 노랫소리가 들려왔다. "누가 바람 없이 항해할 수 있을까, 누가 노 없이 배를 저을 수 있을까." 나는 약을 꿀꺽 삼켰다. 주스 맛이 너무 강했다. 나는 컵을 되돌려준 다음 현관으로 가서 신발을 신었다. 소녀가 내 뒤를 따라왔다.

"친구, 지금 어딜 가려고?"

"밖에 나갔다 올게요."

나는 거기 서서 거실을 가만히 바라봤다. 어둠 속에 몇 명의 사람들이 보였다. 그냥 노래일 뿐이다. 이제 그 노래도 끝이 났다.

"안녕히 계세요."

"안녕. 잘 가, 산적의 딸!"

아버지 목소리였다.

나는 문을 열고 밖으로 나갔다. 복도는 밝고 환했다. 눈을 질끈 감았다. 어디로 가야 하는지 알고 있었다. 눈을 감고도 찾아갈 수 있는 곳이다.

아론센 씨는 문을 열어주지 않았다. 나는 현관문을 계속 두드렸다. 혹시 지금이 한밤중인가? 왜 문을 열어주지 않지? 내가 노크하는 소리도 귀에 거슬렸다. 복도의 불빛도 너무나 강했다. 사람은 신의 얼굴을 똑바로 바라보면 안 된다. 나는 문에 등을 기댔다. 쭈그려 앉아 무릎 사이에 머리를 넣었다. 문득, 아론센 씨에게 무슨 일이 생겼는지 알 것 같은 느낌이 들었다. 그는 세상을 떠난 것이 틀림없다. 학교에서 반 아이들과 박물관으로 견학을 가는 길에 봤던 다람쥐가 떠올랐다. 그 다람쥐는 찻길 한복판에 널브러져 있었다. 주변은 터져 나온 내장과 피로 흥건했다. 우리는 발을 멈추었다. 다람쥐는 차에 치였던 것이다. 남자애들은 "피다! 피!"라고 외쳤지만, 메론은 아니었다. 내 옆에 서 있던 그는 무언가를 이해한 듯한 눈치였다. 그렇다. 죽음은 피할 수 없는 것이다. 모든 생명은 언젠가는 죽기 마련이다. 다람쥐를 보며 소리를 질렀던 아이들도 마찬가지다. 메론은 소리 지르는 아이들을 가만히 바라보다가 장갑을 벗어 내 눈을 가려주었다. 나는 몸을 일으켜 문손잡이를 내려봤다. 문은 잠겨 있었다. 손잡이는 차가웠다. 아론센 씨는 안에 없는 것이 확실했다. 그는 세상을 떠난 것이다. 어쨌든, 그는 나의 할아버지가 아니다. 나는 아론센 씨가 어디 있는지도 모른다. 나는 그의 손녀도 아니고, 그의 전화번호도 모른다. 하지만 나는 이제 무슨 일이 있었는지 안다. 아론센 씨는 안에 갇혀 타 죽는다. 말이 씨가 된다고 했다. 내가 불 이야기를 했더니 정말 불이 났다. 그리고 아론센 씨는 안에 갇혀 불에 타고 있다. 다시, 또 다시. 그는 불길을 피해 창문 쪽으로 몸을 던진다. 나방처럼, 입을 벌린 채로. 말 속에는 저주가 있고, 땅속에는 죽은 어머니와 아버지가 있다.

약이 효과를 보이기 시작했다.

팔다리에서 약기운이 느껴졌다. 갑자기 밖으로 산책을 나가고 싶었다.

발이 움직이는 대로 따랐다. 발은 비상계단을 내려가 건물 밖으로 향했다.

눈앞에 거리가 펼쳐졌다. 불빛이 있었고, 사람들이 있었고, 차도 있었다. 밤이 오기 전이었지만 거리는 캄캄했다. 사람들은 쇼핑백을 들고 슈퍼마켓에서 나왔다. 웃음이 절로 나는 풍경이었다. 가로등 불빛 아래 차들이 움직이고 있었다. 어디선가 목소리가 들렸다. '로냐, 저기에 빨간 남자가 오고 있어.'

천사 두 명이 모습을 드러냈다. 커다란 천사 한 명과 작은 천사 한 명. 그들은 내 쪽으로 다가오고 있었다. 자세히 보니 무세였다. 키가 큰 천사는 무세의 아버지였다. 보라, 천사의 옷을 입은 그들은 얼마나 아름다운가.

무세는 청재킷을 입고 있었다.

"안녕, 무세!"

무세는 여느 때와 달리 정색을 하고 있었다.

"로냐, 왜 그래? 찻길에 함부로 뛰어들면 안 돼. 여기서 왜 이러고 있어? 대체 어딜 가려고?"

"잠시 산책하고 있는 것뿐이야."

무세가 나를 뚫어지게 바라봤다.

"그런데, 너는? 넌 어디로 가는 중이니?"

나는 무세에게 물었다.

"모스크로 가는 길이야."

무세가 대답했다.

나는 고개를 끄덕였다. 다시 발걸음을 옮기려 하자 이번에는 무세의 아버지가 내 어깨를 거머쥐었다.

"넌 지금 많이 아픈 것 같구나." 그가 말했다.

"어머, 아저씨도 우리 나라 말을 할 줄 아는군요!"

"로냐, 아버지 말이 맞아. 넌 지금 아파 보여." 무세가 말했다.

어디선가 삐삐, 하는 소리가 들렸다. 나는 이 소리가 뭔지 잘 안다. 휴대폰에서 나는 알람 소리다. 나는 이게 무슨 뜻인지도 잘 알고 있었다. 이건 그들이 서둘러야 한다는 뜻이다.

"기도 시간이에요. 준비하시고…… 출발!"

하지만 그들은 전처럼 달려가지 않았다. 무세의 아버지는 자기 나라 말로 뭐라고 중얼거렸다. 무세가 재킷을 벗어 쑥 내밀었다. 재킷 안쪽에는 양털이 달려 있었다. 무세 아버지가 재킷을 받아 들더니 내게 입히고 단추도 잠가주었다.

"우리가 집까지 바래다줄게. 아버지가 그렇게 하자고 하셨어." 무세가 내 손을 잡으며 말했다.

"아냐, 괜찮아."

나는 고개를 저었다. 뇌가 이리저리 흔들렸다. 가로등 불빛이 밝게 반짝였다. 저 앞에는 바람둥이 아저씨가 강아지와 함께 걷고 있었다. 그들은 둘 다 반짝거리는 목걸이를 하고 있었다.

"아버지, 얘가 싫다는데 어쩌죠?" 무세가 자신의 아버지에게 물었다.

그 애 아버지는 내가 알아듣지 못하는 말을 매우 길게 했다. 나는 천사의 언어를 이해할 수 없다. 단지 때때로 들려오는 무스타파, 무스타파 하는 말만 알아들었을 뿐. 잠시 후, 무세가 나를 바라보며 말했다.

"로냐, 아버지가 너를 꼭 네 가족이 있는 곳으로 데려다줘야 한다고 말씀하시거든. 적어도 네 언니가 있는 곳까지 함께 가줄게."

"아냐, 괜찮다고 했잖아."

"로냐, 고집부리지 마."

"그러면 너희 아버지와 너는 기도 시간에 늦을 거야. 그런데 오늘은 무슨 기도를 할 거니?"

"기도 이야기는 이제 그만해. 로냐, 우리 아버지는 고집이 엄청 센 사람이야. 절대 널 혼자 내버려두고 가지 않을 거라고."

우리는 함께 걷기 시작했다. 이제 우리는 베들레헴까지 갈 것이다. 크리스마스트리 가게 앞에 이르자 무세는 내 손을 놓고 막사 쪽으로 걸어갔다. 하지만 거기에는 이제 내가 머무를 곳이 없었다. 무세는 그 사실을 알지 못했다. 나는 무세 아버지가 내 등 뒤에 서 있다는 것을 깨달았다. 내 어깨에 올린 그의 손이 느껴졌다. 판매장 기둥 위에는 에릭센 씨가 설치한 조명이 마치 작은 태양처럼 빛을 발하고 있었다. 나는 미소를 지었다.

"난 전에 여기서 일을 했어요." 무세의 아버지에게 내가 말했다.

"그래."

"아저씨도 일을 하시나요?"

"그렇단다."

여자 두 명이 나무 한 그루를 함께 들고서 우리 앞을 지나갔다.

"저건 고산 지대에서 자라는 특별한 전나무예요."

그는 대답하지 않았다. 불어오는 바람 한 줄기에 내 머리칼이 휘날렸다.

"우린 여기서 기다린다." 무세의 아버지가 말했다.

"네, 우린 여기서 기다려요."

"너희 언니를."

"네, 우리 언니를요."

저 앞에 멜리사 언니가 보였다. 언니는 넓은 보폭으로 성큼성큼 걸었고, 무세는 그 옆에서 달리다시피 하며 따라오고 있었다. 그들이 우리 앞에서 발을 멈추었다. 언니가 장갑 낀 손으로 이마의 땀을 닦았다.

"안녕. 로냐가 아파." 무세 아버지가 말을 걸었다.

"네, 알겠습니다. 감사합니다." 언니가 말했다.

"응급실." 무세 아버지가 말했다.

"네, 잘 알겠어요. 이제 그만 가보셔도 돼요. 감사합니다." 언니가 내게 손을 뻗으며 말했다.

하지만 무세의 아버지는 내 어깨를 잡고 있던 손을 내려놓지 않았다. 그는 고개를 연거푸 끄덕이며 "응급실, 응급실"을 반복해서 말했다. 한 손으로 내 어깨를 잡은 무세의 아버지가 다른 한 손으로는 어딘가를 가리켰다. 언니가 고개를 끄덕이며 "네"라고 대답했다. 그리고 한 발짝 앞으로 다가와 내 손목을 꽉 잡았다.

"감사합니다, 정말 감사합니다. 이제 안심하고 돌아가셔도 돼요."

옆에서 지켜보던 무세는 난처해하며 자기 아버지의 옷자락을 잡아당겼다.

"아버지, 이제 가요."

그제야 그는 내 어깨에서 손을 내려놓았다.

언니가 나무들 사이로 나를 밀어 넣었다. 그녀는 전나무 뒤에 서서 장갑을 벗은 후 맨손으로 내 이마를 짚었다.

"도대체 무슨 일이야? 어쩌다 여기까지 온 거니?"

"저 두 사람이 나를 여기에 데려왔어."

"로냐……."

언니의 목소리가 조금 이상했다.

"아니, 사실은 산책하려고 잠시 밖에 나왔을 뿐이야."

"어쨌든, 막사는 잠겨 있어. 그런데 넌 지금…… 휴, 이제 어떻게 하면 좋을까? 어디에 좀 앉아 있을래?"

나는 어찌해야 할지 몰라 고개를 절레절레 저었다. 언니는 하늘을 올려다보며 혼잣말을 했다. "젠장, 신이든 악마든 제발 저를 좀 도와주세요." 언니는 자신의 목도리를 풀어 내 목에 둘러주었다. 빨간색 목도리는 나에게 너무나 컸다. 갑자기 피곤해진 나는 눈을 감았다.

다시 눈을 떴을 때, 내 앞에는 토미가 서 있었다.

"응급실에 가야겠어. 내가 태워다 줄게." 토미가 말했다.

"안 돼요." 언니가 막았다.

"안 된다고? 왜?" 토미가 되물었다.

나는 다시 눈을 감았다. 작은 바람 한 줄기가 내 뺨을 스쳤다.

"우리 같은 애들이 응급실에 가면 어떻게 되는지 아세요? 아동학대니 아동보호시설이니 그런 것들 때문에 일이 성가셔진다고요." 언니가 말했다.

한참 침묵을 지키던 토미는 결국 알았다고 답했다. 그러고서 마치 크리스마스트리를 들어 올리듯 나를 자신의 어깨 위로 번쩍 들어 올렸다. 막사 뒤편에 나를 내려놓은 그는 곧이어 캠핑 의자와 담요를 가져왔다.

"여기 앉아." 토미가 캠핑 의자를 펼치며 말했다.

"하지만 에릭센 씨가 오면 어떡하죠?" 언니가 토미에게 말했다.

"다른 대안이 있어?" 토미가 말했다.

침묵이 흘렀다.

"나도 잘 모르겠어요." 언니가 말했다.

토미가 내게 담요를 덮어주었다. 그는 "다 잘될 거야"라고 말하며 내 볼을 톡톡 쳤다.

"아내랑 전화해 볼게. 우리 처제가 간호사거든."

어떤 소리를 들었는지 그가 갑자기 고개를 갸웃거렸다.

"앗! 이를 어째……."

내게도 그 소리가 들렸다. 커다란 엔진이 달린 커다란 차. 누군가가 차 문을 쾅 닫는 소리가 들렸다. 토미가 몸을 벌떡 일으켜 주변을 살폈다.

"에릭센 씨가 왔어." 그가 말했다.

언니가 장갑 낀 손으로 입을 가렸다.

"로냐, 여기 조용히 앉아 있어. 멜리사, 너는 밖에 나가서 손님들을 맞아. 나는 에릭센 씨와 이야기하면서 시간을 끌어볼게." 토미가 말했다.

그가 몸을 굽혀 자신의 털모자를 내 머리에 씌워주었다.

"다 잘될 거야. 걱정 안 해도 돼."

토미는 언니를 데리고 사라졌다.

"싸워봐야 소용없어. 잊어버리렴. 다 부질없는 일이니까. 결과는 이미 정해져 있단다." 아버지는 자주 그렇게 말했다.

❄

나는 여전히 그 자리에 앉아 있었다. 트럭이 삐 삐, 소리를 내며 후진해 들어오는 소리가 났다. 에릭센 씨 목소리가 들렸다. "좋아요, 계속 오세요, 계속, 스톱!" 나는 모자를 한층 깊게 눌러썼다. 모자에서 토미 냄새가 났다. 나는 목도리를 들어 올렸다. 목도리에서는 멜리사 언니의 냄새가 났다. 남자아이 한 명이 내 앞을 뛰어가며 나를 봤다. 그의 눈은 나를 향하고 있었지만 나를 보는 것 같지는 않았다. "엄마! 엄마, 난 미니 크리스마스트리가 갖고 싶어요."

손님이 뜸해졌다. 남은 것은 바람 소리뿐이었다.

비가 내리기 시작했다. 숨을 깊이 들이쉬었다. 될 대로 되라지. 무엇이든 받아들이자고 생각했다. 그리고 그 상황은 지금 내 눈앞에 다가왔다.

두 개의 신발. 그리고 귓전을 스치는 목소리.

"아! 여기 있었구나!"

남자였다. 하지만 에릭센 씨가 아니었다. 처음 보는

낯선 사람이었다.

내 앞에 쪼그려 앉은 그가 손을 내밀었다.

"난 알프레드라고 해. 농부란다."

알프레드. 그의 손은 난로처럼 따뜻했다.

"네 이야기는 많이 들었어. 네가 아는 사람을 나도 알고 있거든."

"네, 학교 수위 아저씨요."

"나를 따라오렴." 알프레드가 몸을 일으키며 말했다.

"난 여기저기 돌아다니면 안 돼요."

"나랑 같이 있으면 괜찮아."

그가 장갑을 꼈다. 알프레드의 발밑에는 나무 한 그루가 있었다. 그는 나무를 어깨 위로 둘러멘 후, 내게 다른 한 손을 내밀었다.

"조금만 참아."

내 얼굴은 흠뻑 젖어 있었다. 빗방울을 실은 바람이 정면으로 불어왔다. 하지만 알프레드가 앞장서 걸었기 때문에 그나마 조금 나았다. 그의 등은 아주 널찍해서 마치 커다란 산 뒤에서 걷는 것 같았다. 판매장 조명등 아래서 발을 멈춘 알프레드가 나무를 내려놓았다. 이제야 그 나무가 얼마나 큰지 보였다. 나무를 둘러싸고 있던 그물을 벗기자 나무의 커다랗고 풍성한 본 모습이 나타났다.

"요양원에 갈 나무인가요?"

알프레드는 내 말에는 대답하지 않고, 나무를 받침대 위에 고정했다.

"이제 이 나무는 네 거야." 그가 나를 돌아보며 말했다.

"내 나무라고요?"

"네가 크리스마스 나무를 갖고 싶어 한다고 네 아버지가 말했어. 그리고 난 네게 나무를 한 그루 주겠다고 네 아버지와 약속했단다."

그가 나뭇잎을 톡톡 두드렸다. 이파리에 내려앉은 빗방울이 반짝반짝 빛을 발했다.

"이건 에네바크에서 가장 좋은 피오르 가문비나무란다. 이 나무는 팔면 안 돼."

"저는 아무것도 팔지 않아요. 아동노동은 불법이니까요."

"좋아. 게다가 이 나무는 판매용이 아니거든."

그가 다시 장갑을 벗고 두 손으로 내 뺨을 어루만졌

다. 머리에 열이 펄펄 나서 얼굴이 뜨거웠다.

"이 나무는 네가 필요할 때 사용하거라."

나는 눈을 감고 고개를 끄덕였다.

"안녕. 로냐, 산적의 딸."

알프레드가 내 얼굴에서 손을 뗐다. 나는 두 눈을 질끈 감았다. 그가 떠나는 모습을 보고 싶지 않았다. 바람 소리와 빗소리 사이로 차 문이 닫히는 소리, 트럭에 시동이 걸리는 소리가 들렸다. 이제 그는 떠났다. 내 얼굴은 다시 차가워졌다. 빗방울과 바람이 나를 때릴 때마다 몸이 차갑게 얼어붙었다. 나는 눈을 떴다. 알프레드는 더 이상 볼 수 없었지만, 그가 남기고 간 나무는 그 자리에 서 있었다.

나무가 바람에 흔들거렸다. 촘촘한 나뭇가지는 바닥까지 늘어져 있었다. 나는 주위를 돌아보았다. 막사 입구 옆에 서 있던 에릭센 씨가 막사 문을 열었다. 나는 다람쥐처럼 재빠르게 촘촘한 나뭇가지 사이로 들어가 몸을 숨겼다.

그곳은 전혀 축축하지 않았다. 좋은 피오르 가문비나

무는 가지가 매우 빽빽이 난다. 나는 나뭇가지 하나를 살짝 들어 올리고 밖을 내다보았다. 영수증과 과자 봉지, 곡물 다발들이 아스팔트 위로 날아다녔다. 언니를 찾아야 한다. 내가 어디에 있는지 언니한테 알려줘야 한다. 하지만 보이지 않았다. 눈에 보이는 건 막사와 남자 한 명, 빗속을 뛰어다니는 강아지 한 마리뿐이었다. 빗물이 남자의 신발 주위로 튀었다.

막사 문이 열렸다. 에릭센 씨였다. 그가 주위를 둘러보며 소리쳤다.

"멜리사! 토미!"

그가 내가 있는 쪽으로 성큼성큼 다가왔다. 하지만 에릭센 씨는 나를 볼 수 없었다. 왜냐하면 가장 좋은 피오르 가문비나무의 가지와 잎은 아주 빽빽이 자라나기 마련이니까. 나무 앞에서 걸음을 멈춘 그는 내게 등을 보이며 돌아서서 소리를 질렀다.

"모두 여기 모여!"

세상에. 나는 에릭센 씨가 등 뒤에 들고 있는 게 무엇인지 똑똑히 봤다.

언니가 왔다. 토미도 왔다. 하지만 그들은 아무것도 모르고 있었다. 언니는 걸어오며 장갑을 고쳐 꼈고, 토미는 땅에 떨어진 비닐봉지를 집어 주머니 속에 넣었다. 그들이 궁금한 눈빛으로 멈춰 섰다.

"내가 오늘 막사 안을 둘러보았어. 그런데 거기에 이 공책이 있더군. 그런데도 너희들은 그 아이가 그저 숙제를 하러 왔다고 얘기했지? 게다가 그 아이가 두통에 시달린다면서 온갖 이야기를 다 늘어놓으며 나를 비난하기까지 했어!"

아무도 대답하지 않았다. 비가 장막처럼 그들 사이를 가르고 있었다. 빗줄기는 그 어느 때보다도 더 굵었고, 동시에 그 어느 때보다도 더 가늘었다.

"이건 사기야. 엄청난 사기라고!"

그가 공책을 토미 눈앞에 흔들어 보이며 말을 이었다.

"이번 달 월급은 꿈도 꾸지 마."

"네?"

토미가 깜짝 놀랐다.

"이건 계약 위반이야. 이곳의 책임을 맡겼더니 내 뒤에서 몰래 사기를 치다니! 이건 전형적인 사기야, 알겠어?"

"죄송합니다. 제발 이번 한 번만……." 토미가 말했다.

"뭐라고? 제발 이번 한 번만 어쩌라고?"

"보름 뒤면 아내의 출산일이에요."

"나한테 사기를 치기 전에 그 정도는 미리 생각했어야지. 게다가 자네가 또 뭘 했는지 알고는 있나? 어린애를 고용해서 노동을 시켰어."

언니는 여전히 장갑을 손에 낀 채 그 자리에 가만히 서 있었다.

"자네를 고소할 거야." 에릭센 씨가 토미를 향해 말한 후 이번엔 언니를 가리키며 말을 이었다. "그리고 넌 아동보호시설에 들어가게 될 거야."

그때 거센 바람이 불어와 토미의 목도리가 날아갔다. 목도리는 허공에 검은색 마커로 그린 기다란 선처럼 보였다.

"막사로 들어가서 당장 짐을 싸."

나는 아무 생각도 할 수 없었다. 옷 속으로 몸을 웅크렸다. 이제 그것이 오고 있었다. 이제 그것이 정말 등 뒤에까지 와 있다. 나는 그제야 모든 것이 사실이라는 걸 깨달았다. 아버지가 말했던 그 모든 것이. 우리는 언젠가 죽을 것이고, 모래 폭풍과 온갖 질병들이 올 것이며, 사막의 뜨거운 태양에 타버린다는 것. 아버지는 피하는 일은 불가능하다고 했다. 머릿속에도, 우리가 사는 이 세상에서도. 아버지는 진실을 이야기하고 있었던 것이다. 사람들은 자기 머릿속에 앉아서 자기 눈으로만 세상을 본다. 상자 속의 고양이처럼. 이제 에릭센 씨는 경찰에 신고를 할 것이다. 나는 감옥이 어떤 장소인지 알고 있다. 메론의 형이 감옥에서 나왔을 때 그는 해골처럼 비쩍 말라 있었다. 감옥에 들어가기 전 메론의 형은 철봉에서 턱걸이를 100개나 하는 사람이었다. 나는 아동보호시설에 대해서도 잘 알고 있다. 언젠가 학교 체육관 탈의실에서 옷을 갈아입고 나왔을 때 복도에서 에밀리를 기다리고 있던 여자 두 명을 본 적이 있다. 그들은 "안녕, 에밀리"라고 말을 걸었고 에밀리는 말없이 입을 쩍 벌렸다. 그리고 에밀리는 그들과 나란히 복도를 걸어갔다. 우리는 에밀리의 등과 체육 가방, 그녀의 젖은 머리카락을 바라보았다. 그날 이후, 에밀리를 학교에서 다시 볼 수 없었다. 아버지는 무엇을 할까? 아마 스타게이트에 앉아 어둑어둑한 창밖을 내다볼 것이다. 우리가 없는 텅 빈 집에서 홀로 서성거릴 것이고, 혼자 복도로 나갈 것이다. 쓰레기를 비우러 가지만, 이제 쓰레기를 버릴 사람도 없다.

더는 견딜 수 없었다. 난 이제 잠을 자야 한다.
나는 아스팔트 바닥에 머리를 대고 나무둥치에 등을 붙인 채 잠에 빠져들었다.

❄

아버지와 함께 보냈던 그해 여름. 바닷물에서 수영을 하고 뭍으로 올라와 떨고 있을 때였다.
"저 검은 바위 위에 누워봐, 로냐. 그러면 몸이 따뜻해질 거야." 아버지는 내게 그렇게 말했다.
잠시 후, 풀잎 하나를 찾아온 아버지가 말했다. "내가 뭘 그리는지 알아맞혀 보렴."
아버지는 풀잎으로 내 등에 그림을 그렸다. 식은 죽 먹기였다. 아버지는 항상 돛단배를 그렸으니까.

❄

아버지와 함께 보냈던 그해 겨울, 우리는 배낭을 메고 깊은 숲속까지 걷고 또 걸었다. 거기서 우리는 한 오두막을 찾았다. 아버지는 문을 걸어 잠그며 말했다. 오늘 저녁에는 아무도 밖에 나가지 말라고. 밖에 볼거리도 없고, 시간이 늦어 버스도 다니지 않는다고. 어쨌든 아버지는 다른 어디에도 가고 싶어 하지 않았다.

"잘 자. 좋은 꿈 꾸렴." 아버지는 자주 그렇게 말했다. "내 사랑하는 천국의 문과 샹그릴라."

멜리사 언니의 목소리가 들려와 잠에서 깼다. 언니가 나를 부르고 있었다. 나는 나뭇가지를 헤치며 앞으로 엉금엉금 기어나갔다.

사방이 온통 캄캄했고 거센 바람이 불고 있었다. 가게 간판은 떨어져 있었고 바람에 날린 캠핑 의자가 나무들 사이에 널브러져 있었다. 나무들은 바람에 이리저리 세차게 흔들렸다. 언니는 막사 앞을 왔다갔다 하면서 나를 부르고 있었다. 인도에는 토미가 서 있었다. 그가 손에 들고 있는 휴대폰이 어둠 속에서 빛을 발했다. 나는 기어서 밖으로 나간 뒤 언니를 향해 걸음을 옮겼다. 바람 때문에 발을 떼기가 쉽지 않았다. 나는 한발 한발 안간힘을 쓰며 앞으로 나아갔다. 지금껏 단 한 번도 이런 모습의 퇴위엔을 본 적 없다. 마침내 언니 곁에 다다른 나는 언니의 등에 손을 얹었다. 언니가 나를 향해 돌아섰다. 몇 초간 꼼짝도 않고 가만히 서 있던 언니는, 갑자기 두 손으로 내 어깨를 거머쥐더니 나를 사정없이 흔들었다.

"이 바보멍충이해삼말미잘멍게! 도대체 어디 있었어?" 언니가 내 몸을 마구 흔들어대며 소리쳤다.

"자정이 다 될 때까지 어디서 뭘 하고 있었느냔 말이야! 네가 없는 동안 어떤 일이 있었는지 알기나 해? 우린 네가 길바닥에서 얼어 죽었거나 아동보호시설 사람들이 널 데려간 줄 알았다고!"

내 머리가 앞뒤로 흔들렸다. 쓰고 있던 털모자는 어디론가 날아가 버렸다.

"우린 널 찾으려고 온 동네를 뒤졌어. 대체 어디서 뭘 하고 있었던 거야?"

마침내 언니가 나를 흔드는 것을 멈췄다. 바람이 귓전을 세차게 때렸다. 나무 한 그루가 쓰러져 우리를 향해 굴러오더니 발 앞에 멈추었다. 사방이 고요해졌다.

"나무 밑에서 깜박 잠이 들었어." 내가 말했다.

"뭐? 몇 시간 동안이나? 이렇게 폭풍이 몰아치는데? 도대체 어떻게?"

"나도 모르겠어."

갑자기 바람이 세차게 부는 바람에 언니는 내가 하는 말을 듣지 못했다.

언니가 땅에 털썩 주저앉았다. 토미가 달려오더니 옆에 앉고는 언니의 등에 팔을 얹었다.

"멜리사, 이제 됐어. 로냐를 찾았잖아."

언니는 대답하지 않았다. 토미가 언니를 일으키며 말을 이었다.

"멜리사, 로냐는 지금 여기에 있어. 이제 집으로 가서 아버지와 상의해 봐."

하지만 멜리사는 마치 인형처럼 그의 팔에 매달려 있을 뿐이었다. 토미가 나를 바라보았다.

"너희들은 이제 집으로 가. 네 언니는 아버지와 이야기를 해야 해. 멜리사, 무슨 말을 해야 하는지 알고 있니?"

언니가 그의 목에 팔을 둘렀다. 아무래도 혼자 힘으로 서 있을 수 없는 것 같았다.

"멜리사, 어서."

토미는 언니가 두른 팔을 풀어보려 했지만, 언니는 꼼짝도 하지 않고 그를 올려다볼 뿐이었다.

토미는 사방을 두리번거렸다. 하지만 그를 도와줄 사람은 없었다. 그곳에는 비와 바람, 아스팔트 위를 굴러다니는 찢어진 우산, 그리고 나뿐이었다.

"로냐. 집에 가서 아버지를 보면 곧 아동보호시설 직원들이 올 거라고 말해야 돼. 어쩌면 경찰이 함께 올지도 몰라."

"네, 알았어요."

"그리고 아버지가 만약에라도 술을 끊을 생각이 있다면 지금 당장 끊는 편이 좋을 거라고 말해. 알았지?"

나는 고개를 끄덕였다. 언니는 다시 쭈그려 앉았다. 물웅덩이에 빠진 언니의 코트 자락이 젖기 시작했다. 나는 언니의 얼굴을 볼 수 없었다. 내 눈에는 언니의 머리칼과 팔만 들어왔다. 쭈그려 앉은 언니의 몸이 앞뒤로 흔들거렸다. 나는 언니의 뒤로 다가가 코트 자락을 들어 올렸다. 웨딩드레스를 입은 신부의 들러리처럼.

"좋아. 이제 내가 더 할 수 있는 일은 없어." 토미가 말했다.

"네."

하지만 그는 가지 않고 우리를 계속 뚫어지게 쳐다보았다.

"왜요?" 내가 물었다.

"아냐, 그냥 궁금해서."

한쪽 눈을 찡긋해 보인 그가 소매로 얼굴을 닦았다.

"이제 앞으로 어떻게 할 거니?" 토미가 물었다.

저 멀리서 무언가가 반짝였다. 고개를 들어보니 판매장 기둥에 걸려 있는 조명등 빛이었다.

불빛이 나를 향해 깜박였다.

그 순간, 나는 우리가 무엇을 해야 할지 알게 되었다. 이미 오래전부터 여기저기서 암시를 봤다. 단, 지금까지 그 의미를 이해하지 못했을 뿐.

❄

"기적은 언제든지 일어날 수 있단다." 수위 아저씨는 자주 이렇게 말하곤 했다. "막다른 상황에 부딪혀 도저히 빠져나갈 방법이 없다고 느낄 때, 기적은 바로 그때 일어나지."

"네 아버지에게 보여주렴." 수위 아저씨가 말한다.
나는 그가 건네준 전단과 연락처 쪽지를 손에 들고 서 있었다. 눈송이가 쪽지 가장자리에서 녹아내린다.

"안녕, 잘 가. 산적의 딸." 아버지가 말한다.
나는 신발을 신고 대문 밖으로 나간다.

"이 나무는 이제 네 거야." 알프레드가 말한다. "네가 필요할 때 사용하거라."
나는 나무 아래로 기어 들어간다.
그리고 그 모든 것 위에는 별 하나가 걸려 있다.

토미와 함께 서 있는 동안 나는 모든 것을 깨달았다. 그러나 그는 여전히 아무것도 모르는 채 아랫입술을 깨물고서 서 있었다.

"아저씨."

"응?"

"무슨 일이 일어나더라도 절대 무서워하지 마세요."

"……이상한 말은 하지 마. 그러니까 정말 무서워."

나는 미소를 지었다. 하지만 토미의 얼굴은 하얗게 질려 있었다.

"안녕히 가세요, 아저씨. 이제 집에 가보셔야죠."

나는 멜리사 언니 옆에 앉았다. 언니는 늘어뜨린 머리칼 사이로 나를 바라보며 말했다. 아버지와 이야기하는 건 불가능하다고.

"그건 너도 잘 알잖아."

"응, 나도 알아. 어쨌든 이젠 좀 일어나 봐."

언니는 고개를 가로저으며 깊고 빠르게, 그리고 이상하게 숨을 들이쉬었다. 토미는 인도 옆에 주차해 둔 차에 올라타고 시동을 걸었다. 헤드라이트가 빛을 발했다.

마침내 토미가 떠났다.

"도저히 너를 찾을 수가 없었어." 언니가 고개를 저으며 말했다.

"세상에 종말이 온 것 같았어. 모든 것이 내 손에서 빠져나가 사라지는 느낌이었어. 어쩌면 지금쯤 아동보호시설 직원들이 집에 도착했을지도 몰라. 토미도 일자리를 잃었고. 이제 토미와 그 아내, 앞으로 태어날 아이는 어떻게 될지……."

하지만 우리 머리 위에는 불빛이 반짝이고 있었다. 내가 말했다. "세상에 종말이 온 게 아니야. 폭풍이 온 것 뿐이야."

언니가 나를 빤히 쳐다보았다.

"언니 손에서 빠져나가 사라진 건 아무것도 없어. 이제 기운을 좀 내서 일어나 봐. 폭풍이 몰아치는데 언제까지나 이렇게 가만히 앉아 있을 수는 없잖아."

나는 언니를 일으켜 세웠다. 길 위에는 종이컵과 뭔지 모를 검고 커다란 플라스틱 물건이 바람에 날아가고 있었다. 우리는 걷기 시작했다. 나는 언니 손을 꼭 잡았다. 우리는 물웅덩이를 가로질렀다. 더 이상 두렵지 않았다. 슬프지도 않았고 아프지도 않았다. 왜냐하면 우리의 앞에는 불빛이 반짝이고 있었기 때문이다. 그리고 나는 어디로 가야 하는지도 알고 있었다. 하지만 거기가 어디인지는 잘 설명이 안 된다. 마침내 우리는 그곳에 도착했다.

"여기야. 이 나무는 아버지가 준 거야."

언니는 아무 말도 하지 않았다.

나는 나뭇가지 하나를 들어 올렸다. 언니는 꼼짝도 않고 가만히 서 있었다.

"이건 에네바크에서 가장 좋은 피오르 가문비나무야."

언니는 고개를 절레절레 저었다.

"언니, 이 안은 축축하지 않아. 이 밑으로 들어와 봐."

하지만 언니는 꼼짝도 하지 않았다. 나는 언니를 뒤에서 밀기도 하고 앞에서 끌어당기기도 하면서 겨우 나뭇가지 밑으로 데려왔다. 온 세상이 비로 젖어 있었지만, 그 안은 내가 생각했던 대로 바짝 말라 있었다. 외딴섬 같았다. 나는 무세의 청재킷을 벗고 양털이 위쪽으로 향하도록 땅에 깔았다. 그리고 언니의 팔을 들어 코트를 벗겼다.

"언니, 여기 누워."

나는 언니의 머리를 재킷 위에 누였다. 그리고 코트로 언니 몸을 덮은 후, 그 옆에 앉았다.

폭풍은 언제쯤 잠잠해질까. 밖에서 들리는 소리로 미루어보건대, 잠잠해지기는커녕 더 거세지는 것 같았다.

아침은 언제 올까. 나는 무릎으로 기어가 나무 밖을 내다보았다. 아침은 아직 오지 않았다. 밖에는 밤만 있을 뿐이었다. 가로등이 흔들렸다. 나는 가로등 불빛 속 빗줄기를 보았다. 세차게 내리는 비는 공기 중에 줄무늬를 그렸다. 나는 두렵지 않았다. 하지만 언니는 고양이처럼 가늘게 신음 소리를 내며 두려움에 떨고 있었다.

"언니 옆에 누워도 돼?"

언니가 고개를 끄덕였다. 나는 언니의 등 뒤에 조용히 누웠다. 그리고 코트를 끌어당겨 같이 덮었다. 언니는 울고 있었다.

"언니, 숲을 떠올려 봐."

언니는 아무 말도 하지 않았다.

"그리고 숲속 오두막도 떠올려 봐."

"하지만……."
"그리고 오두막 안에 있는 벽난로도 상상해 봐."
나는 언니 귓가에 입을 가져갔다. 그리고 눈과 오솔길에 대해 이야기하기 시작했다.

그리고 언덕을 올라가.
울타리가 보이지?
거기 오두막이 있어. 창문 안에서 새어 나오는 불빛도 보여?

언니는 자고 있었다. 숨소리로 알 수 있었다. 나는 땅에 등을 대고 똑바로 누워 눈을 감았다.

다시 눈을 떴을 때는 날이 환하게 밝아 있었다.

"언니, 일어나! 이제 갈 시간이야."

햇살이 언니의 뺨을 어루만졌다.

"언니, 일어나!"

언니가 눈을 떴다. 아직 잠에 취한 눈빛이었다. 언니는 눈을 깜박이며 잠을 떨쳐내고는 몸을 일으켜 앉았다. 나는 언니 몸에 코트를 둘러주었다. 그러고는 나뭇가지들을 양옆으로 밀쳤다.

"언니, 여기가 바로 우리의 숲이야. 보이지? 이제 내가 무슨 말을 했는지 알겠지? 그렇지?"

나는 언니의 손을 잡고 밖으로 끌어당겼다. 가문비나

무 가지에서 눈이 떨어지며 반짝반짝 빛을 냈다. 나는 앞으로 한 발 내디뎠다. 나무 위의 하늘은 그 어느 때보다 푸르렀고, 눈을 이고 있는 나무들은 눈이 부시도록 하앴다. 나는 앞으로 한 발 더 내디뎠다. 그러자 세상은 훨씬 더 밝아졌다. 저 멀리 다람쥐 한 마리가 보였다. 그곳에는 나무들이 몸을 구부린 커다란 나무들이 열을 지어 서 있었다. 아치문을 보는 것 같았다.

"보이지? 저게 바로 우리의 길이야."

언니가 고개를 끄덕였다.

"이제 우리가 어디로 갈 건지 알겠지?" 내가 물었다.

"응."

"이제 저기로 가자. 그냥 걷기만 하면 돼, 언니."

이야기는 그렇게 끝이 난다.

이야기는 처음에 그렇게 시작해서 계속되다가 마침내 끝난다. 씨앗은 자라 전나무가 되고 열매를 맺으며 점점 더 자라다가 결국엔 쓰러져 죽는다. 사람들은 신을 만들어내고 잊기를 반복한다. 계절은 오고 간다. 주유소 뒤편의 크리스마스트리 가게는 이제 찾아볼 수 없다. 땅에 떨어져 있는 나뭇가지 몇 개만 보일 뿐이다. 이것이 바로 삶의 순환이다. 햇빛이 바위를 따뜻하게 데운다. 사람들이 그 위에 배를 깔고 엎드려 있을 때도 있다. 때로는 바다에 뛰어들어 헤엄치고, 누군가가 물속에서 그들에게 미소를 지어 보이기도 한다. 하지만 숨을 쉬려면 다시 물 밖으로 나와야 한다. 삶은 그렇게 계속된다. 하지만 우리의 삶은 그렇지 않다.

❄

우리가 할 수 있는 일은 걷는 것뿐이었다. 그래서 우리는 그저 정처 없이 계속 걸었다.

우리는 서로의 손을 잡고 걸었다. 멜리사 언니의 긴 코트는 눈 위로 질질 끌렸다. 언니는 마치 검은 신부처럼 보였다. 이상하게도 걸어가는 동안 숲이 계속 자라는 것 같았다. 우리를 둘러싼 숲은 점점 더 빽빽해졌다. 하지만 오솔길은 눈이 단단히 다져져 있어서 발걸음을 옮기기가 힘들진 않았다. 어느덧 빽빽하던 숲이 열렸다. 우리는 호수를 지나 여우 굴이 있는 언덕까지 올라갔다. 꼭대기에 가면 울타리가 보일 것이다. 그걸 따라가면 무엇이 보일지 저절로 알게 된다.

아침을 맞이하는 마당. 태양이 모든 것을 내리비춘다. 그리고 저녁. 나무둥치 사이로 나지막하게 들어오는 빛은 황금색을 띠고 있다. 우리는 문턱에 발을 쿵쿵 내리치며 신발에 묻은 눈을 털어낸다. 그리고 어둠이 찾아온다.

우리는 문 앞 계단에 앉아 북극성을 바라본다. 그러다 가끔은 퇴위엔을 생각한다.

토미를 생각한다. 아기가 건강하게 잘 태어났으면 좋겠고, 그가 다시는 에릭센 씨 밑에서 일하지 않았으면 좋겠다. 그 모든 일에 대해 아직도 그에게 미안하다. 그에게 책임을 전가하거나 비난을 받게 하려던 건 절대 아니었다. 학교 수위 아저씨를 생각한다. 그가 잘 지내기를 바란다. 아저씨의 스포트라이트 조명과 고향에도 아무 일이 없기를 바란다. 비록 내가 우리 나라 말을 못한다고 핀잔을 주었지만, 아저씨는 내가 진심으로 그런 말을 한 게 아니라는 사실을 잘 알고 있을 것이다. 사실 그는 우리 나라 말을 정말 잘한다. 전국 우리 말 대회가 있다면 나가서 우승도 할 수 있을 것이다. 나는 아론센 씨를 생각한다. 아파트 뒤편 아론센 씨가 가꾸는 마당으로 가는 길에 누군가가 자갈을 뿌려줬으면 좋겠다. 그가 사 간 크리스마스 리스가 적어도 새해까지는 시들지 않고 버틸 수 있을 거라 믿는다. 왜냐하면 그를 위해 가장 좋은 리스를 내가 직접 골라주었으니까.

그리고 나는 아버지를 생각한다.

나는 항상 아버지를 생각한다.

나는 문틀에 머리를 기댄다. 그리고 아버지가 가르쳐준 대로 꿈을 꾼다.

꿈속의 아버지는 울 스웨터를 입고 환하게 웃고 있다. 그리고 숲을 가로질러 걸어온다.

그는 길을 잘 알고 있다. 아버지가 호수를 지나 여우굴이 있는 언덕 위로 올라온다. 그리고 오두막과 문 앞의 계단과 우리를 본다.

아버지는 "안녕, 얘들아!"라고 말할 것이다. "거기 앉아 있는 건 다이아몬드와 에메랄드가 틀림없어. 그렇지?"

그리고 그는 눈이 부시도록 밝은 빛 때문에 선글라스를 껴야 할 것이다.

옮긴이의 말

 이 책은 내가 지금까지 접한 수많은 작품 가운데, 번역하는 내내 가장 마음이 애틋했던 책이다. 처음 몇 장을 넘기자마자 알 수 있었다. 이건 단순한 크리스마스 이야기가 아니라는 것을. 눈과 별이 있고, 루치아의 노래가 들리지만, 그 반짝임 아래에는 너무나 현실적인 슬픔과 결핍이 숨어 있었다. 그리고 바로 그 슬픔 덕분에 이 이야기는 더욱 아름답게 빛난다.

 『별의 문』은 전형적인 크리스마스 소설이라 할 수 없다. 마냥 밝고 따뜻하기만 한 이야기를 다정하게 펼쳐 보이지 않는다. 대신 인간이 살아가며 맞닥뜨리는 고단

함과 시련을 포장 없이, 예고 없이 우리 앞에 내민다. 현실 또한 이와 크게 다르지 않다. 시련은 때로 우리가 어둠 속에 있을 때조차도 무자비하게 다가온다. 그러나 그 어둠 속에서 다시 불을 밝히는 일은 결국 우리 자신에게 달려 있다. 이 책의 주인공 로냐처럼. 슬픔조차도 순수하게 반짝일 때, 어둠은 비로소 빛이 될 수 있다.

이 책의 원제 'Stargate'는 공교롭게도 이야기 속 술집의 이름이다. 어둡고 퀴퀴한 음지의 세계지만, 주인공 로냐가 마지막에 발을 들이는 또 다른 Stargate, 즉 별의 문은 밝고 따뜻한 양지의 세계다. 하나의 이름에 어둠과 빛이 공존할 수 있다는 것. 어쩌면 작가가 말하고 싶었던 것도 바로 그것이 아닐까.

로냐가 언니와 나누는 '성냥팔이 소녀' 이야기는 작품 전체를 관통하는 예언처럼 흐른다. 그 말은 마치 결말의 약속처럼 들린다. 그리고 그 결말은 너무 밝아서 슬프다. 밝음과 슬픔이 한자리에 머물 때, 우리는 비로소 빛의 그림자를 본다. 어둠과 빛이 하나의 이름에 머물 듯, 삶과 죽음 또한 서로를 품은 채 존재한다.

『별의 문』은 슬픔으로 빛나는 이야기다. 그리고 그

빛은 오래 남는다. 나는 이 작품이 바로 우리가 잃어버렸던, 잊고 있었던 동화라고 생각한다. 이 한 편의 작은 크리스마스 이야기가, 우리 모두의 마음속 잃어버린 빛을 다시 밝혀주길 바란다.

손화수

옮긴이 손화수
한국외국어대학교에서 영어를, 오스트리아 잘츠부르크 모차르테움 대학에서 피아노를 공부했다. 1998년 노르웨이로 건너가 노르웨이 문학협회 소속 번역가로 활동하고 있으며, 2012년에는 노르웨이 정부에서 수여하는 국제 번역가 상을 받았다. 옮긴 책으로는 『닐스 비크의 마지막 하루』, 『새들이 남쪽으로 가는 날』, 『멜랑콜리아 I-II』 등이 있다. 스테인셰르 코뮤네 예술학교에서 가르치고 있으며, 노르웨이의 백야와 극야를 벗 삼아 글을 읽고 번역하고 있다.

별의 문

초판 1쇄 인쇄 2025년 11월 17일
초판 1쇄 발행 2025년 11월 27일

지은이 잉빌 H. 리스회이
옮긴이 손화수
펴낸이 김선식

부사장 김은영
콘텐츠사업본부장 임보윤
책임편집 이가현　**디자인** 권예진　**책임마케터** 최민경
콘텐츠사업3팀장 이승환　**콘텐츠사업3팀** 김한솔, 권예진, 이가현, 노현지
마케팅1팀 이고은, 지석배, 최민경, 이현주, 김은지　**홍보1팀** 김민정, 홍수경, 변승주
미디어홍보본부장 정명찬
브랜드홍보팀 오수미, 서가을, 박장미, 박주현　**영상홍보팀** 이수인, 염아라, 이지연, 노경은
저작권팀 성민경, 이슬, 윤제희　**편집관리팀** 조세현, 김호주, 백설희
재무관리팀 하미선, 임혜정, 이슬기, 김주영, 오지수
인사총무팀 강미숙, 김혜진, 이정환, 황종원
제작관리팀 이소현, 김소영, 김진경, 이지우, 황인우
물류관리팀 김형기, 김선진, 주정훈, 양문현, 채원석, 박재연, 이준희, 문명식

펴낸곳 다산북스　**출판등록** 2005년 12월 23일 제313-2005-00277호
주소 경기도 파주시 회동길 490
전화 02-704-1724　**팩스** 02-703-2219　**이메일** dasanbooks@dasanbooks.com
홈페이지 www.dasan.group　**블로그** blog.naver.com/dasan_books
종이 신승INC　**인쇄** 한영문화사　**제본** 국일문화사　**후가공** 평창피엔지

ISBN 979-11-306-7327-1 03850

- 책값은 뒤표지에 있습니다.
- 파본은 구입하신 서점에서 교환해드립니다.
- 이 책은 저작권법에 의하여 보호를 받는 저작물이므로 무단 전재와 복제를 금합니다.

다산북스(DASANBOOKS)는 독자 여러분의 책에 관한 아이디어와 원고 투고를 기쁜 마음으로 기다리고 있습니다. 책 출간을 원하는 아이디어가 있으신 분은 이메일 dasanbodasanbooks.com 또는 다산북스 홈페이지 '투고 원고'란으로 간단한 개요와 취지, 연락처 등을 보내 주세요. 머뭇거리지 말고 문을 두드리세요.